天国への旅立ちツアー

小橋隆一郎

KKロングセラーズ

天国への旅立ちツアー

小橋隆一郎

KKロングセラーズ

第一章
旅立ち

羽田空港に向かうモノレールの車内に神川雄一郎の姿があった。

神川にとって二月は誕生月である。十七日には還暦を迎える。六十五歳の定年まで勤めることはかなわなかった。しかし、そんなことは今となってはどうでもよい。

赤いジャージを着た女子中学生の団体が乗り合わせてきた。東京でのスポーツ大会に参加した生徒たちに違いない。飛行機で地方に戻るのであろう。大きなロゴ入りのスポーツバッグを背負っている姿からすると女子サッカー部員らしい。バッグの金具にはたくさんの可愛い人形のストラップをぶら下げている。どの子も真っ黒に日焼けしていて、遠くに座っていても、羨ましいくらいその生きている活力が伝わってきた。

神川には同じ年代の娘と重なり合う。脳裏に昨夜の夕食の風景がよみがえった。

「今夜の夕食はビーフシチュウですよ」

妻の真知子がキッチンから声をかける。

四時間をかけて牛肉を煮込んだ神川の好物料理である。ジャージ姿の麗子もダイニングにやってきた。疲れたーと言って椅子に座り込み、ひとしきり今日の部活の出来事を母の真知子に報告しだした。中学二年生の麗子はバスケット部でレギュラーになれるかどうかの当落線上にいるのだ。すでに三年生は引退しているが、春から始まる地区大会に向けて、ポジション争いは厳しいものがあるらしい。

背は高い方ではないが、誰に似たのか足は速くて、ジャンプ力もある。レギュラーメンバー十五人の中に入れるかどうか、十四歳の麗子にとっては人生の一大事なのだ。麗子の話に出てくる友達の名前も、神川にはわからないが、真知子はよく知っているらしい。キッチンでがさごそと音を立てながらも二人の会話はよどみなく流れていた。

「さあ、和樹は遅くなるそうだから、今夜は三人で先に食べましょう」

真知子がビーフシチュウをよそった皿を運んできた。神川も大半が病院の仕事で帰宅が遅かったから、家族全員が揃って食べる機会は週に一度くらいしかなかった。

麗子は満足そうに食べ始めた。食べ盛りの女子中学生の食欲は大したものであった。あっという間に皿が平らげられていく。しばらくのあいだはまだ部活の話題が続いていたが、突然麗子が心配そうに神川の顔を覗き込んだ。

「お父さん、食欲ないの？　最近少し痩せたみたい」

何気ない会話の流れだったが、神川は返答に詰まり、そうか、と言って適当にごまかした。真知子も多少気にはなったらしくちらっと神川の方を見たが、すぐに視線を逸らし、気づかぬふりをした。

「今日は仕事がお休みで、お昼ご飯が遅かったからでしょう。無理しないでね。国際学会には気を付けて行ってきてくださいね。ちゃんとお薬は持って行ってください」

「いいな、お父さんは。麗子も連れて行って欲しいな」

麗子の要求に神川は苦笑いをしながら答えた。

「今回は仕事だからね、次の機会には家族全員で行こう」

「香港は空気が悪いのでしょう？　喘息の人には中国は身体に悪いって……」

麗子がビーフシチュウのお代わりをしながら話す。家族には時として発作的に出る咳嗽《せき》を気管支喘息だからと言い訳していた。

「麗子がそんなに食べたら、和樹の分がなくなるぞ。それにサラダもバランスよく食べなさい」

健康を気遣い合う父娘のやり取りを、真知子は微笑みながら聞いている。

「和樹の分は大丈夫よ。今日は友だちと外で食べてくるそうだし。まだお代わりしてもいいわよ。たくさん作ったから」

麗子がしぶしぶサラダボールを引き寄せた。そしてまた食卓の会話は部活の話題に戻っていった。

家族には香港で開かれる国際糖尿病学会への参加だと嘘をついて出かけてきた。勤務先の中野聖恵中央病院にも学会出席のためといって有給休暇を願い出た。

普段通りを装う神川に、特に別れの挨拶はなかった。

ふと外の景色に目を移すと、東京湾沿岸に広がる高層ビルが知らない間に増えているように思えた。朝陽が車窓に反射する。車内は十分に暖房が効いていて暑いくらいだったが、二月の窓の外の冷たい空気がガラスを透して刺すように伝わってくる。何も考えまいとすると、口渇感が神川を襲った。いつもは食べつけないガムをポケットから取り出し、その口の中に放り込んだ。包み紙はポケットにねじ込んだ。

羽田空港に到着すると国際線ターミナルに向かって歩く。神川は表示板を見ながらキャセイ航空のカウンターを探した。立ち止まって、スケジュール表をショルダー鞄から取り出し確認する。午前十時二十分発、キャセイパシフィック五四三便である。集合場所はカウンターの前の時計塔の下。時間は午前八時三十分。腕時計を見ると八時を過ぎたところだった。まだ広いターミナルの通路に搭乗者の姿はまばらだった。

左右を確認しながらゆっくりと足を進めると、『豪華客船プリンセス・ステラ号の旅』の立て看板を持った見知った顔の若い男が立っていた。派手なカラープリントの張紙の出迎えに神川は驚いた。

神川の姿に気づいた男は駆け寄るようにして声をかけてきた。手には看板を掲げたままだ。

「神川先生！　山本です」

旅行の手続きで、山本健吾とはすでに何度か顔を合わせていた。彼はこのツアーに同行する添乗員でもあり、すでに神川の病気の詳細は知らせてある。その山本が笑顔で出迎える。いくら見知った間柄であるとは言え、神川はそのなれなれしさに少し違和感を覚えた。

山本の側には同じ添乗員らしきグレーのスーツ姿の女性が立っていた。

「この度のツアーに同行させていただく菊池です。どうぞよろしくお願いします」

菊池と名乗った女性が神川に向かってぺこりと頭を下げた。初めて見る顔だった。

「神川です。よろしく……」

一見したところ、このツアーの趣旨に彼女の雰囲気は不釣り合いのような気がした。すらりとした端正な顔立ちの美人だった。しかし、逆に観光旅行で世界遺産の旅にでも出かけるような浮き立つ感じが必要なのかもしれない。そう思いなおすことにした。

立て看板やツアー専用のチェックインカウンターを見る限り、我々のツアーも他の海外旅行のツアーと何ら変わったところはない。カウンターの中から年配の空港地上係員の女性が声をかけてきた。

「機内に預けられるスーツケースはございますか」

「いや、これだけです」

神川はぶっきらぼうに答えた。荷物は機内持ち込みのキャスターが付いた小型のキャリーケースと肩からぶら下げている黒の革鞄だけであった。

神川は振り向いて山本に尋ねた。

「結局、最終的にはツアー参加者は何名になったのですか？」

「総勢十三名です。でもその中で付添いの方もいらっしゃいますから、正確には十一名ですが」

山本が低い声で何か打ち明けごとでもするかのように答えた。

「付添いですか……。ずいぶん大人数なのですね。多くても四～五名ぐらいかと思っていました」

「これでも数回の審査で不適格な方や、間際でキャンセルされた方もいらっしゃるんです」

　山本がしれっとして言った。だが、神川にはすんなりとは受け入れられないものが残った。尊厳死そのものの規定が曖昧なのに、判断基準などというものを押し付けるツアー会社のビジネスライクな考え方が気に食わなかったのだ。とは言え、その基準にのっとって参加を希望したのも神川自身だった。

「不適格というのは、それはツアーを企画したそちらの会社が定めた尊厳死の基準に合ってないという意味ですか。まあ、適正基準という言い方そのものも問題ですが……」

　神川の嫌味とも受け取れる質問に、山本は「はあ」と言ったきり何も答えようとしなかった。


　現在、日本の人口は、四人に一人が六十五歳以上、八人に一人が七十五歳以上という構成で、世界でもまれにみる老人国家になった。少子高齢化によって、老齢人口を支える若年層の負担は重くなる一方である。超高齢化社会では予備軍を含めると、すでに「認知症」は八百万人に達すると推測されている。

今や日本の高齢者にとって、いかに死ぬかは重大な社会問題となっているのだ。

ツアー参加費用は二百六十五万円。これだけの高額な金額を払える人がそうそういるわけではない。死ぬ権利の問題をどのように捉え、どのように考えるのか、超高齢化社会を迎えた今、議論が必要とされているが、あくまでも判断するのは当事者である本人であって他人ではない。もちろん国としても法的に「尊厳死」が許可されているわけではない。

欧米ではすでに認可された州や地域もあり、取り組みが始まっている。この「尊厳死」を許可された外国へ行き、その国の法にのっとって「尊厳死」を実行するというツアー企画は斬新かつ奇抜であったが、社会的には反対する意見も多かった。

少し眉をひそめる神川に山本が苦笑いで取り繕おうとした。

「先生、ちょっと申し上げにくいんですが、何かあったらその時はよろしくお願い致します」

山本が神川の意図を理解しているとは到底思えない。

「何かって？」

鋭い視線を向けると山本はしどろもどろになった。

「いや、先生はお医者さまですから、万が一の時のためにと思って」

だがその取りなしも神川の表情をさらに険しくさせる効果しか持たなかった。

「何を言ってるんですか。僕もツアーに参加した旅行者で患者の立場なんです。お門違いですよ。それに先生って呼ぶのは、やめてください」

神川はあえて患者という言葉を使った。尊厳死を選択したからには、内科医ではなく一介の末期のがん患者なのだ。

何か釈然としない気持ちで山本を見やると、山本は肩をすぼめるようにしてうつむいている。

投げやりな気分そのままに、少しぶっきらぼうな言い方になったと神川は思った。ツアーの趣旨に矛盾する山本の軽々しい言い方は、苦渋の決断をしてやってきた神川の気持ちを逆撫でした。目的はあくまで安らかに死ぬことだ。この決断の重さを、いくらこのツアーの添乗員であるとは言え、本当にはわかるはずもないのかもしれない。

その時、チェックインカウンターに入ってくる車椅子の老人がいた。その車椅子を押しているのはこの旅行にはふさわしくない若い女性だった。

「桃崎ですが……」その声は弱々しく小さかったが、小柄な体に似合わず眼光は鋭かった。

「あっ、桃崎さま、お待ちしておりました」

山本が駈け寄るように近づき、笑顔で対応する。

「小百合さま、おじいさまのことをよろしくお願いします」

山本の表情がたちまち営業顔に戻った。車椅子を押しているのは孫娘なのだろう。山本が言っていた付添いの一人に違いない。名前を呼ばれた小百合は困った表情で頭を下げた。海外旅行にしては地味な服装であった。

同じツアーの旅行者であっても、その趣旨を考えれば仲良く挨拶を交わす気にはなれない。まして孫娘は当事者ではなく傍観者なのだ。神川はほとんど無視するようにして、空港地上係員から二Kと印刷された座席チケットと提出したパスポートを受け取り、足早にその場を離れた。

「豪華客船プリンセス・ステラ号の旅」の参加者には特別な控室も用意されていたが、神川は山本にそこには行きたくない旨を伝えると、ひとりでファーストラウンジに向かった。

コーヒー党の神川がこの日に限って、ダージリンの紅茶を選んだ。口の中に残っていたガムを紙にくるんでごみ箱に入れた。唾液についた神川の遺伝子がガムごと捨てられる。ガムを噛んでいることさえ忘れていた。

ダージリン特有の芳ばしい香りが、口の中いっぱいに広がる。ストレートの紅茶も悪くない……。

人が近づいてくる気配と同時に、神川の名を呼ぶ声がした。

「神川先生！　ここでしたか。控室にはいらっしゃらなかったので……」

声の主は村上宏だった。

神川の患者であった税理士の村上もまた末期がんに冒されていた。彼もまた神川が救ってやれなかった患者の一人なのだ。

歳は神川より四歳年上の六十四である。もう何年の付き合いになるだろうか。最初は風邪かなにかの症状を訴えてやって来たのだった。最初から人なつっこいお茶目さが憎めない人柄だった。それから定期的に健診に来るようになり、少しずつ気心が知れるようになった。結婚もせず、一人暮らしの村上は妙に神川になついてきていた。

ときどきは村上に誘われて病院近くの焼き鳥屋で一杯やるようにもなった。医師と患者という立場を超えて、いつのころからか、何の他意もなく慕ってくる村上に対して友情のようなものが芽生えているのを神川は感じていたのだ。

生真面目な性格もあって、一年に一度は健診も受けていた。村上の肝機能は比較的保たれていて超音波検査では、がんの疑いはなかったはずだった。それが突然、黄疸が現れたことによって事態は一変した。

ＭＲＩやＣＴ検査の結果、肝内胆管がんの肝細胞転移と診断された。症状が悪化して初めて気づく最悪のパターンで外科的根治手術には手遅れだった。ただちに抗がん剤治療が開始されたが、副作用もひどく、少し肝機能が改善したかに思われて束の間ほっとしても、また知らぬ間に浸潤が拡がり、腫瘍の大きさが倍になっているということを繰り返してきた。

どうして手がつけられなくなる前に気づいてやることができなかったのだろう。病状が進行するにつれ、屈託のない村上の長所はどんどん失われ、暗く沈みがちになっていった。彼の表情を暗くしたのは自分のせいだと、心のどこかで罪の意識を持たずにはいられなかった。

それが、立場が変わったのは二年前のことである。神川自身に「がん」が見つかったのだ。病理検査の結果は最悪の小細胞未分化がんであった。しかもすでに転移巣も見つかった。神川は一切のがん治療を拒んだ。

それからは、がん患者の心のケアーの会にも積極的に参加するようになった。それはあくまでもがん患者を看取《みと》る医師としての立場をよそおったが、心の中は複雑だった。肺がんの末期は壮絶で悲惨である。

そんな時、人づてに『天国への旅立ちツアー』があることを知った。海外では、自ら安楽死を選択することが可能な地域があるという。血痰が続き、呼吸が苦しくなり始めたのはそのころだ。がん細胞が自分の身体をじわじわと蝕《むしば》んでいく有り様に、覚悟を決めるより先に抗《あらが》いようのない恐怖が襲ってきた。不眠が続き精神的にも追い込まれていった。と同時に、神川の心に以前ちらと聞いたツアーのことが頭をもたげてきた。

ある日、診察に来た村上を喫茶店に連れ出した。自分も肺がんにかかっていることを告白するためである。医師として今後、村上を治療することが困難になることが予測されたからだ。これから先、もしかしたら村上さんを診つづけることができなくなるかもしれません。そう言っておきながら、こんなツアーがあり、実はそれに参加するつもりであることも伝えた。

結論として「安楽死」を選択した神川に、村上はいとも簡単に同調した。いっしょに連れて行ってほしいと真顔で頼み込んできた。相談のつもりが勧誘になってしまった。今になって、村上にツアーの話をしたことを少々後悔していた。

確かに仲間ができたことで神川もそれで勇気を得た。だが、いざ出発となって冷静に考えてみると、いけないことをしたような気がする。ここまで来てはもう引き返すこともできないが、やはり一人で来ればよかったと思う。

神川の服装はカシミアの茄子紺《なすこん》の替え上着にラフなジーンズである。それに比べ村上はグレーフランネルの上着の下にチェックのベストを着込んでいる。神川がここにいることに安心したのか一気にしゃべり始めた。彼もまた逃げ出したい気持ちを抑えているのがわかる。

「村上さん、そんなにおしゃれして暑くないですか？」

神川は気軽に話しかけた。

「船の上って結構寒いって聞いていましたからね」

村上は観光旅行にでも行くかのように笑顔で答える。そして驚いたような表情で神川に小声で呟《つぶや》いた。

「それより、先ほどツアーの参加者の顔ぶれを見てきたんですが、全員で十三人だそうです。それって多くないですか」

村上の表情は穏やかで、患者の時と同じように神川に対する村上の口調は丁寧だった。

「山本君の話では、これでも参加人数を絞ったそうですよ。今回はツアー参加者の付添いも二名いるらしい」

不服そうな神川に対して、自己紹介でもあったのだろうか、村上にはそれが誰だかすぐにわかったようだった。

「いっしょに行く旅の同士ならまだしも、付添い人に我々の行動を終始見られているのは何だか嫌ですね」

サイドテーブルを挟んだソファーに村上が腰を下ろした。

「まあね」

神川はチェックインカウンターで出会った車椅子の桃崎と付添いの孫娘の姿を思い出していた。

「付添いはいないけど、僕は神川先生といっしょに来られてよかった」

そう言ってほほ笑んで見せたかと思うと、村上は急に暗い表情になった。そんな村上を見て、神川は答えた。

「僕も患者のひとりですからね。旅の道づれは、いた方がいい」

「先生も弱気なんだな……」

村上は心なしか神川が同じ「がん患者」であることに満足しているようであった。

神川は曖昧な頷《うなず》きで返した。


ラウンジの広い窓ガラス越しに、離着陸の様子が広がっている。音もなく広いアスファルトの上をするすると滑っていく整備車両が刻一刻と時を刻む。まるで映画の一場面の世界を見ているようだった。これが映画であれば気が楽なのに……。神川は目を細めた。

「先生、怖い顔をして何を考えているの。まあ、一杯いかがですか」

会話が途切れたすきに立っていった村上が、両手にシャンパングラスを抱えて戻ってきた。

「さすがにファーストラウンジには、いい酒が飲み放題に置いてある」

戸惑う神川に村上はグラスを手渡すと、再びソファーに腰を下ろし、乾杯のポーズをとった。

「乾杯！」村上が声を上げる。

「あまり飲み過ぎてはいけないですよ」

「そんな、何を今さらそんなことを、朝からシャンパンなんて贅沢の極みですよ」

村上は余裕を見せるために笑顔で取り繕った。

「そうか、それもそうだ」

「そうですよ」

「ところで何に乾杯するの？」

神川は聞き返した。

「そう……、とりあえず美しいその時に」

「死ぬのが美しい？　なるほど。そうであってもらいたいですね」

たしかに、その瞬間には重要なことかもしれない。神川はそう感じていた。

それにしても村上の行動は、つとめて明るく自らを鼓舞しているのかもしれない。グラスが空くとすぐさま立ち上がってまた同じシャンパンを注いできた。村上の顔がすでに上気している。

「こんな時にひんしゅくを買うかもしれませんが、ツアーの中にひとり、いい女がいましたよ」

「まさか、きっと付添いの人でしょう?」

「それが我々のツアーの添乗員ですよ。菊池幸子さん。三十は超えているかもしれないが、小股の切れ上がったすごい美人ですよ」

村上の古臭い表現が可笑しかった。

「ああ、それならチェックインカウンターで紹介されましたよ」

「なんだ、もう顔見知りだったんですか」

「確かに美人かもしれないが、女性を見てそんな発想になるなんて、村上さんはこの世に未練がまだある証拠ですよ」

「これが最後だと思うと、なんでもありですよ。今さら恥も外聞もない。と言っても身体が言うことを聞きませんがね」

村上は苦笑いしながら、メタボの腹をさすった。腹が出ているのはメタボのせいだけじゃない、腹水が溜まっていることを神川は知っていた。

「一応主治医だから言っておきますけど、まだこれから飲む機会もたくさんあるでしょうから、ほどほどにね」

「ええ、わかっています。自重します」

村上は神川の注意に素直に従った。三杯目のグラスにはシャンパンが半分残されたままでテーブルに置かれていた。

たがいに緊張しているのか会話は弾まない。村上はおつまみに用意したアーモンドをかじり始めた。

「村上さん、ナッツ類はシュウ酸が多いから食べ過ぎると、また尿路結石になりますよ」

慌てて村上は手を引っ込めた。

「あんな痛い思いはこりごりだ」

医者の立場から脱しきれない神川の注意に、村上があきれ顔をした。その側を通り抜け、近くのソファーに品の良さそうな老夫婦が席を取った。村上が声を落として神川に耳打ちする。

「あの老夫婦も我々と同じツアーの旅行者ですよ」

そう言われると興味をひかれ、しばらく観察していた。

「落ちついていて、二人の雰囲気を見ると、すでに旅立ちの覚悟ができているようにみえる……。我々と違ってね」

「なあんだ。先生だってすっかり覚悟はできていると思っていたのに、私と同じですか」

村上は声を押し殺して笑った。

神川は、それぞれの理由を抱えて参加してきたツアー客の事情に、深入りする気にはなれなかった。もう二度と帰ることのない片道切符の旅だ。今さら傷口を見せ合っても何の意味もない。残された時間はわずかで、そしてほぼ同じであることに変わりはないのだ。

そう言いながらも、いつのまにかラウンジの中を見渡してしまっている。

そこにいる誰もが同じツアー旅行者に思えた。家族づれや笑顔で話し合っている連中は除外してみる。しかし、今にでも死にたいような顔をしている該当者はどこにも見当たらなかった。

「やはり気になりますか」

全部見透かしているような村上の質問だった。

「先生は、豪華客船ステラ号のツアーの集合場所には来られなかったから、わからないでしょうが、今回のツアーにも参加費用にランクがあるようです。飛行機のファーストクラスの座席は、せいぜい十席ぐらいでしょう。それに羽田発なんて変だと思いましたよ。調べてみると羽田にはあるけど、成田発ではキャセイ航空にファーストクラスの設定がないんです」

「なるほど、それで羽田発の理由がわかりました」

村上の説明に神川も納得した。

「まさに、地獄の沙汰も金次第ってことでしょうか。そうは言ってもさすがに、エコノミークラスでの参加者はいないようですね。ファーストとビジネスが半々ってところでした。みんな最後ぐらいは奮発して、おさらばしたいんだ。それぐらいの贅沢は許されますよね」

神川は二度ばかり小さく頷いた。

「どんな最期であろうと、誰かに非難される筋合いのものじゃない。決めるのはあくまでも自分自身ですからね」

そう言い終わってから、神川は自分が残していたシャンパンをぐいっと一息で飲み干した。

「実際には、いざとなってやめる人もいるかもしれない……」

「それはもちろん、怖くなって中止を申し入れることもあるでしょう。脱落者が出ても、それもありじゃないですか」

村上は他人事のように話す神川の意見に、いぶかしげに首をかしげた。

「先生はたくさんの患者さんの死を見てきているのに、やっぱり自分の時になると死ぬことに不安を感じるものなんですか」

「不安？　もちろんですよ。臨死の現場をたくさん経験しているからといって、今度は立場が逆ですからね。それも初めての経験だし……」

「そりゃそうだ。何度も経験できることじゃない……」

村上は急に真顔になって神川を見た。

「先生、先生は、もし立場が逆なら神川先生のような医者に看取ってほしいですか」

村上の質問は唐突であったが、どこか心の核心に触れられたような気がした。

「がん」から逃げ出したような医者には看取ってほしくない。そう叫びたかったが、
神川はそれについては答えず、わざと話をすり替えた。それは違う話のようであり
ながら、どこか神川のなかで根の部分でつながってもいた。

「かつて臨終を迎えた患者さんに、先生に看取ってもらえてよかったと言われたことがある。でもその言葉を額面通りに受けとってはいけなかった」

神川の口元に寂しげな笑みが浮かんだ。その心中を察したようにやや控えめな言い方で村上は尋ねた。

「ええ……？　何故ですか」

「医者冥利に尽きるなんて思ったけど、そんなふうに思うこと自体傲慢以外の何ものでもない。黄泉の国へ旅立つのはあくまでも患者であって、自分ではなかったか

らです。それに気づかなかった」

「考え方が変わった?」

「まさに今は患者の身だからね……。だからと言って先ほどの質問ですが、神川先生には看取ってほしくない……」

ごまかして照れるように苦笑いする神川に、村上が言った。

「そんな……。僕は先生に看取ってほしいですよ」

村上の言いようにわざとらしさはなかった。

「そんなこと言って、やめて帰国するのは、村上さんだけかもしれませんよ」

「えっ……」

一瞬、村上の顔がこわばった。神川が慌てて否定する。

「冗談ですよ、冗談。生きて帰国するのは予定通り付添いと添乗員だけかもしれない。あるいはいっしょに村上さんと僕と二人で帰国しているかもしれないでしょう」

「まさか。そんなことになったら、何のために、こんな大金を払ってまで出かけるんだか……」

「まあ、まあ、ここで結論付けないで、その時になったらゆっくり考えて判断しましょうよ」

　神川の言葉にとまどったのか、村上は少し黒ずんだ大きな手で自分の顔をなでまわし、ため息をついた。この旅に出る者に心の余裕などあるわけがない。しばらく考えてから、村上は神川の方に向き直った。

「そうか。なるほど、そうですね。決め付けない、というのは気が楽かもしれない。先生に誘われて、参加したが、自分の主治医といっしょに死ねるのは心強いものだ……」

「いっしょにと言ったって、どっちが先に逝くんだか……」

「先生が先に逝くのだけはやめてくださいよ。先生は主治医だから私の『尊厳死』を見届けてから、後でいらしてください」

「そんなふうに決められてもね……」

　それでも、村上と話していると気がまぎれた。それまで村上を誘ったことを後悔していた神川であったが、戦友がいることに安堵を感じているのは、もしかしたら神川の方かもしれなかった。

キャセイパシフィック航空香港行き、搭乗手続きの最終案内がラウンジに流れた。

いよいよ出発である。神川は村上とともに鞄を肩から下げ、キャリーケースを引きながら、一〇六番出発ゲートに向かった。

出発ゲートではすでに搭乗が開始されていた。さっそく添乗員の山本が神川を見つけ声をかけてきた。

「神川先生、同行いたします添乗員の菊池です」

山本は神川に搭乗手続きのカウンターで菊池を紹介したことを忘れているらしい。

「菊池幸子です。よろしくお願いします」

山本とは違い、菊池は先ほど神川に挨拶したことを覚えているようだった。それでも山本に何も言わず頭を下げる菊池は、こうして見ると、やはり村上が言う通りの美人だった。よろしくお願いしますと言ってうつむいた時の、半分閉じられた瞳の美しさに神川はどきっとした。

「神川です。この度はよろしくお願いします」

神川も黙って初対面のような挨拶に応じた。

「私たち添乗員は、ビジネスの最後尾の座席におりますので、ご用の際はお声をかけてください」

　わかりましたと頷きながらも、山本の話は耳を素通りしていった。傍で見ていた村上が神川に目で合図を送った。

「先生、さっき言ったとおりでしょう。これも最後のご褒美ですかね」

「ご褒美というより、この世に未練を残させ迷わせるつもりかもしれないよ」

「なるほどねえ。女に興味を持って、さらに女を抱きたくなる衝動が起こるようだったら、やはり簡単に死ねないか……」

　それには何も答えずただ笑っただけで、神川は搭乗口から機内に乗り込んだ。機内のファーストクラスは、完全なプライベート空間が保たれており、キャビンアテンダントの対応も申し分なかった。滑走路に入ると座席のほうに胸を押されるような圧がかかった。ジェットタービンの轟音が巨大な銀色の物体を持ち上げ、大空へ誘う。

　肺がんはすでにかなり進行している。神川は高度上空での気圧の負担で呼吸困難に陥ることを心配していた。自分だけ酸素マスクを取り出すわけにもいかない。しかし、さほど息苦しさを自覚することもなく四時間はあっという間に過ぎた。

昨夜、気持ちが落ちつかずあまり眠れなかったせいか、少しうとうとしたらしい。浅い眠りの中で断片的ではあるがいくつか夢を見た。今朝、一人で勝手に別れを告げてきた妻と子供たちは、車でどこかに出かけるらしい……。病院の廊下を慌てふためいて駈け出す神川は白衣姿であった。なぜ夢の中まで急ぐのだろう。具体的な物語はちっとも思い出せず、ひとつひとつの記憶をつなぎ合わせようとしていた時、機内アナウンスが着陸態勢に入ったことを告げた。

座席の背もたれを起こし、フットレストをしまう。小さな窓のすぐ前方に無数のビル群が林立する香港島が迫っていた。いよいよか、神川は心の中でつぶやいた。そしてゆっくり深呼吸をした。飛行機は定刻通りに、香港国際空港に着陸した。


長い列に並んで入国手続きをすませる。香港の豊かさは、列に並ぶ国際色豊かな外国人の多さが物語っていた。中国に返還されたとは言え、どこか古き佳き英国の雰囲気が空港内には残っているようだ。英語の表示に加え、中国語が主役であることを強調しているように思えた。英語による話し声が多い中、手荷物受取カウンターの周辺は多くの旅行客でごった返していた。

いつの間にか村上が、トランクカウンターで他の乗客の機内に預けたトランクの受け取りを添乗員のように手伝っている。すでに暑くなったのかフランネルの上着は脱いでいた。

菊池幸子への点数稼ぎなのか、単なる親切心ではないらしい。そのあまりに熱心な様子に神川は苦笑いを禁じ得なかった。

早速、山本が駆け寄ってきた。

「すみません、神川先生、ツアー客の中で、体調不良を訴える方がいらっしゃるので診ていただけないでしょうか」

「はあ？　ここで、ですか」

「すみません、急なことで……」

振り返ると、荷物を受け取る大勢の人が行き来する通路の片隅で、車椅子の老人が息苦しそうにうつむき、肩で呼吸している。出発前に出会った桃崎とは別人だった。車椅子での参加者が二名いるらしい。

山本に促され近づくと、車椅子の横に立つ男性が困惑したような表情で神川に言った。

「飛行機を降りるまでは、こんなことはなかったのですが……」

「内山君、上着のポケットにニトロールが入っているから、出してくれ」

あえぐ息の下で、老人が途切れ途切れに男性に命令した。内山と呼ばれた男が老人の上着のポケットの中を何度も探ってみるが、薬らしきものは何も出てこない。

その時、「ツアーに参加されている小森会長と秘書の内山さんです」と、山本が神川に小さく耳打ちした。

「それが、どこにもないんです」

焦った表情で内山が訴える。

「ちょっとよろしいですか。内科医の神川です」

そう言って神川はかがみこみ、小森の脈をとった。シャツの前ボタンを外し、息苦しさの状態を確認する。肩から下げていた黒の革鞄から　救急用の薬品袋を取り出す。

「大丈夫ですから、ゆっくり呼吸してください」

シャツをたくし上げるのを菊池幸子が率先して手伝う。緊急時の対応を心得ている様子だった。神川は脈診で心拍を確認すると、フランドルテープを小森の胸に貼った。脈をとったまましばらく状態を観察する。ほんの一、二分で呼吸困難が少し改善してきたようだった。早くなっていた脈拍もゆっくりと正常に戻ってきた。心房細動のような脈は見られない。神川が添乗員の山本に向かって小さく頷くと、山本は菊池と顔を見合わせ、ほっとした表情を浮かべた。

そう言えばファーストの座席の最前列に座っていた小森の顔を思い出した。

「あの……これでしょうか」

ようやく内山が、預かっていた小森の上着とは別に、小物入れの中にニトロールの舌下錠の入った小瓶を見つけ出した。それを神川に見せる。

「ああ、それです。今、同じような作用の薬を貼付しましたので、今は服用しない方がいいでしょう」

「先生、ありがとう。ずいぶん楽になりました」

小森の声が危険な状態を脱したことを表していた。

神川が小森と内山に簡単な注意点を話して、その場を離れかけた時、村上が笑顔で近づいてきた。

「みんなこの旅行の目的を理解していないのか、でっかいトランクを持ってきているんですね。後になって荷物をどうするのか……。世界一周じゃあるまいし、荷物の多さに驚きましたよ」

小声で話す村上は、すっかり添乗員になり切った様子だった。

「これが最後だと考えると、あれもこれもと物にも執着心が残るんじゃないですか」

「それにしても幸ちゃんの先生を見る目が変わったよ。すっかり点数が上がりましたね」

並んで歩きながら村上はちらっと幸子のほうを振り返って言った。菊池のことをいきなり、ちゃん付けの名前で呼ぶ村上に神川は唖然とした。当の村上は何の不思議もないといった風で、しれっとしている。

「村上さんじゃあるまいし、そんなことを考えて助けたわけじゃないですよ」

「それにしても、あの人はどうしてこのツアーに参加したのかな……。あんなに具合が悪ければ何もしなくてもすぐにお迎えがくるのに」

「そんなことを言うもんじゃないですよ。それぞれの事情はもっと深いところにあるのですから、我々が詮索するのはよしましょう」

村上は言い過ぎたと思ったのか、肩をすくめてわざとらしく口を一文字に引き結んだ。

とにかく、添乗員の二名を含めるとツアー総勢十五名、何とか全員が無事に香港の地に降り立った。

国際空港から九龍（クーロン）のホテルペニンシュラまでは専用のバスが用意されていた。後部ハッチから直接車椅子で昇降できる仕様だ。集められたツアー客はバスの中で初めて全員が顔を合わせた。小森会長と、孫娘と参加している桃崎老人が車椅子での参加である。

山本の説明では桃崎は参加者の中での最年長だそうだ。

村上が神川の座席の隣に座って囁《ささや》くようにつぶやいた。

「いくつになっても、やはり死ぬのは怖いのでしょうね」

「それはそうでしょう。年齢じゃないですよ。死ぬことより生きることに疲れたら死ぬ覚悟はできるかもしれない。しかし百歳になっても、あるいはそれ以上に生きることに未練があれば、死を受け入れたくはないでしょう」

「生きたくても病気ならそうはいかない」

村上は不満そうに言った。

「まあ、ここに至ったそれぞれの事情が違いますからね」

「でも、黙って観察してみると、参加者は、どの人もいわくがありそうですね」

村上には特に、かなり高齢者のツアー参加が理解できないらしい。みな高級そうな身なりをして、お金に困っているようには見えない。表情は一様に硬いが、決して悲壮な感じもしなかった。村上は何やら一人でぶつぶつ言っていた。

「人のことは言えませんよ。他人から見れば我々も充分うさん臭そうに見えるに違いない。何せ、このツアーに参加を決めることからして異常だから……」

「やはりこれは異常な行動ですか」

村上はちょっと不服そうな顔をした。

「まあ、我々もそうだけれど、みんな楽に苦痛のない安楽死を希望しているのですから……。異常は取り消します。村上さんが言った、究極の美しき死への旅立ちってことにしましょう」

バスはゆっくりとホテルペニンシュラのある九龍島に向かって走り出した。

第二章
最後の晩餐

一行はホテルペニンシュラに到着した。観光旅行とは違って旅行者同士の会話はまったくなかった。

ロビーに一歩入ると、落ち着いた西洋の伝統的な雰囲気が漂っている。神川は先に降りると、内山が押す車椅子の小森会長に声をかけた。

「いかがですか、おかげんは」

「先生のおかげでずっと楽になりました」

小森の呼吸に乱れはなく、唇のチアノーゼも改善している。秘書の内山も恐縮したように頭を下げた。

フロントの前の椅子に腰かけて待つ。しばらくすると山本から個別に用意された部屋のカギを渡された。

「トランクはボーイが後で個別に部屋に運び込むそうです」

山本の説明が終わるとすぐに、神川はエレベーターに乗り込んだ。九階の部屋に辿り着く。部屋の中に入り、閉めきられていた奥のカーテンを勢いよく開けると、外の白々しさが部屋の中に雪崩《なだ》れ込んできた。

やがて光に慣れると、湾をはさんで港の反対側に香港島が見えた。街は中国の旧正月のお祭り騒ぎも終わり、やっと落ち着きを取り戻したところだそうだ。バスの中ではそのような山本の説明があったが、窓辺から下を覗くと街の喧騒は収まっているようには見えなかった。

数年前に神川は国際学会で上海を訪れたことがある。車と言えば自転車のことであったはずの中国で、神川が訪れた時には、その自転車が激減していた。代わりに溢れていたのは本物の車で、道はひどく渋滞し、規制のない排ガスが無制限に放出され、澱《よど》んだ空気が充満していた。香港の空も上海がそうであったように、陽射しは分厚い雲に遮られ、鉛色の重しが街全体を覆っている。

暗灰色の空が神川の心もようと重なり合い、なぜかそれでホッとする気持ちになった。


香港での滞在は、今日を入れて三日間である。短い滞在ではあったが、観光目的ではない神川にとってはむしろ長すぎるようにも思えた。ツアーパンフにはこの三日間について「心豊かに過ごす香港の休日」とプリントしてある。死を前にして心豊かな休日などあるものか。

神川はパンフをベッドの上に投げつけた。

その時ドアーをノックする音がした。開けるとそこには村上が立っていた。

「先生、せっかく香港に来たのだから、足ツボマッサージにでも行きませんか」

村上の口調はやけにあっけらかんとしている。

「観光気分にはなれないが……。我々の病気も足ツボの指圧で治るかな……」

神川は自分で言っておいて、何をつまらない冗談を言ってしまったのかと自分がおかしくなった。

村上はそんな神川の気持ちを気に留める様子もなかった。

「コンシェルジュで、よさそうな店をチェックしてきましたから」

村上はキングサイズのベッドの上に観光客用に用意された地図を広げた。神川は投げ捨てたパンフを慌てて隅に寄せた。

地図には赤いボールペンで丸い印がいくつか付けてあった。その赤い印を指差しながら、村上がいちいち説明してくれる。

ひとつ外に出てみるのもいいかもしれない。どうせ夕方までは何の予定もない。こんな時に持て余した時間のつぶし方を神川は知らなかった。村上に誘われるままに、思い切って出かけてみることにした。空港で両替した香港ドルを、二つに分けてポケットの中にねじ込んだ。

ペニンシュラの玄関口を出たとたん、突然風向きが変わり、アプローチで巻き上がる噴水の飛沫を盛大に浴びてしまった。村上もまた、ひゃっと言って咄嗟に飛びのこうとしたが間に合わず、神川同様、水滴をかぶり、同じように濡れそぼった神川を見て楽しそうに笑って見せた。

ホテルの窓から見下ろした風景とは異なり、歩道は人々で混み合い、活気に満ち溢れていた。とにかく人が多い。見るからに東南アジアからの出稼ぎ労働者が目立った。

いたるところで高層ビルが新たに建設されている。十分も歩かないうちに足ツボマッサージの看板が目に入り、日本語で呼び込みの声がかかった。

観光客目当てに店が乱立しているようだ。

「聞いておいてよかったでしょう？　店の看板だけでは、ちょっと心配な店もあるから……」

立ち止まって地図を広げていた村上が、赤い印が付いた足心堂という看板を指差した。コンシェルジュで、ここが一番いいと勧められた足心堂は思ったほど大きなビルディングではなかった。

「この建物の五階ですよ。とにかくエレベーターに乗りましょう」

旧式のエレベーターを降りると、狭い廊下を隔てたすぐ目の前が受付だった。

受付をすませ料金を確認すると、二人は暗いブースの中に案内された。

「料金はリーズナブルでしょう」

三六〇香港ドル。それがリーズナブルなのかどうか神川にはわからない。と言うよりも、村上が何気なく言った「リーズナブル」という言葉がひっかかる。今の自分にリーズナブルであることがどれほどの価値を持つというのだろう。

得意顔の村上は、香港の足ツボマッサージの事情はよく知っているようだ。神川は尋ねた。

「村上さんは、香港は初めてじゃないんでしょう」

「かなり前のことで、中国に返還される前に一度仕事で来たことがあるぐらいですよ、台湾の足マッサージはよく行きましたけどね」

奥の部屋に通されると八席のリクライニングソファーと足置きの椅子があった。さっそく香料の入ったお湯が運ばれ、膝までズボンの裾をまくり上げて両足を浸けると、三十前後の整体服の女性が丁寧に足裏を洗い、タオルで大切なものを包み込むように抱えて、片足ずつ水滴をふき取ってくれた。

村上とは隣同士の席である。

そのままリクライニングの背を限界まで倒し、九十分コースの足裏マッサージが始まった。

いきなり容赦ない強さで押してくる。快感と痛みの限界で表情がゆがむ。だが覚えているのは最初の十分ぐらいで、ツボにはまった痛さより、緊張が取れたせいか、やがて睡魔が襲ってきた。

右から左足にマッサージが代わった時に意識は戻った。村上がこちらを向いて小声で神川にささやく。

「どこが悪いのかと聞いたら、俺は肝臓だって！　なぜ足裏を触っただけでわかるのか不思議だ」

神川も聞きかじりの知識で答えた。

「足裏は体のもう一つの心臓とも言われていますからね」

「心臓ねえ……。ついでに肝臓にできている『がん』もこれで治らないですかね……。イテテテッテッ」

村上の悲鳴で会話は途切れた。神川は医師である立場もすっかり忘れて、村上と同じことを考えていた。先ほどの冗談が頭に浮かぶ。思わず壁の大きな図に目をやって、足裏の肺のツボの位置を目で探す。がん患者になってしまえば奇跡を信じる気持ちは誰も同じだ。

九十分コースの足裏マッサージが終了した。断片的な記憶しかないが、夢を見ていたわけではない。記憶が遠のいても頭の片隅が常に覚醒していたような、不思議な感覚がしばらくのあいだ消えなかった。

夕刻の六時からは福臨門ユーチー海鮮酒家での宴会が予定されていた。旅行社主催の夕食会である。香港では広東料理の有名店であるが、九龍島にあるためペニンシュラホテルからは徒歩でも十分な距離であった。足ツボマッサージが終わってぶらぶらと散策しながら帰ってくると、もう時間のゆとりはまったくなかった。コンシェルジュに地図で場所を確認し、慌てている村上といっしょに再びホテルを出た。ツアーの参加者総勢十三名、添乗員二名、それに香港の現地スタッフと全員が顔を揃えた。

神川は山本がみんなの前でどんな挨拶をするのか気になって注目していた。村上は神妙な顔つきで座っていた。

山本が立ち上がった。

「みなさま今晩は。福臨門ユーチー海鮮酒家にお集まりいただきましてありがとうございます。今夜は香港での初めての夜となります。お口の肥えておられる皆様の期待を裏切ることないように美味しい料理をご用意させていただきました。どうぞゆっくりとくつろぎながらご賞味ください。では、まずこのレストランの、香港でも有名な王料理長を紹介させていただきます」

続いて紹介された王料理長の日本語による流暢な説明に、有名シェフによる中国料理の研究会にでも参加しているような気分になり、何だかここがどこなのだかあやふやになってしまった。山本の演出なのだろう。

そうして食事会は淡々と始まった。

これからのことを考えると会話は弾むはずもない。しんとして会話のない食事会では盛り上がりもないはずだ。

しかし、笑顔や笑い声はないにせよ、参加者はただ喉を鳴らし、ひたすら食べることにだけは集中できた。箸を動かす音や皿が触れ合う音だけが食事の進行役を買ってでている。そんなこととはお構いなしに皿は次々と運ばれてくる。フカヒレやツバメの巣など日本でも珍しい高級食材を使った料理である。

食欲はないはずなのに、みな黙々と食べ続けた。どの皿も申し分なく美味しかった。

神川はフカヒレの姿煮が好物である。少し大きめに箸で取って口に入れた途端、銀座の高級中華料理店にいるような錯覚にとらわれた。ふと家族の顔が思い出されたが、記憶を必死で打ち消そうとフカヒレの塊を飲み込んだ。

ほとんど会話がなく黙々と食べ続ける日本人旅行客の姿に、給仕する香港人もさぞ驚いたに違いない。

「神川先生、これが本当の最後の晩餐ですかね……」

隣りに座った村上がひそひそ声で話しかけてきた。

「村上さん、何も意識しないで食べましょうよ。今、口に入れ、食べられるだけでも幸せですよ。明日も明後日も食べられるなら、貪欲に食べるべきです」

まるで自分に言い聞かせるようにして、神川が円卓に座っているツアー客をあらためて観察した。村上も神川につられてきょろきょろと辺りを見回す。

「参加者の顔ぶれを見ても、本気で死ぬ気があるのか、疑問を抱く連中も何人かいますね」

村上が一段と声を低くしてひそひそと耳打ちするようにつぶやいた。その直後のことだ。はっとしたが、一瞬何が起こったのかまったくわからなかった。突然村上が立ち上がって怒鳴り始めたのだ。

「君、写真を撮るのはやめてくれ！　何のつもりかはわからないが失礼だよ」

隣に座っていた神川には村上が何のことを言っているのかわからず、急な動作にびっくりして前のめりの姿勢になった村上を見上げた。その怒声に全員が箸を止め、村上が指差す方向を見た。ツアーメンバーの一人がこっそりと小型カメラで食事会の様子を隠し撮りしていたのである。山本がそのことに気がつき、慌てて立ち上がった。

「寺川さん。すみませんが、ここでの撮影は控えてください」

ツアー客たちはそれぞれ食事を中断して互いに目を見交わしている。くるくると回っていた料理テーブルも止まってしまった。その時、寺川と呼ばれた男が気まずそうに唇をかんだ。

「申し訳ありません……。つい癖でシャッターを切ってしまって」

寺川はゆっくりと立ち上がって頭を深く下げた。その様子を見て村上が矛をおさめ、腰を下ろした。どういう事情で参加したのかはわからないが、後ろに束ねた白髪交じりの風貌からして六十を過ぎた年齢であることは見てとれた。

気まずくなった雰囲気に山本がフォロウする。

「寺川さんは写真家なんです。気分を害されたことは僕が謝ります。寺川さん、旅行におけるスナップ撮影は、景色に限らずこのツアーではすべて禁止させていただいていますので……」

「すみません」

寺川が首だけを少し折り曲げて謝った。こんなツアーが催行される様子を記録に留めたかったのだろうか。尊厳死に向かい、最後の晩餐のテーブルにつくツアー客の表情など、簡単に撮れるものではない。面白おかしい記事として売れば、高く買ってくれる雑誌社があるかもしれない。

「とにかくこんな時に写真なんて必要ないんだよ。誰も記念写真なんて撮りたくないんだ」

「そんなつもりは……」

村上は、頭を下げながらもどこか笑っているような寺川の態度が不愉快だった。

「村上さん。それぐらいにしておいたら……」

神川は興奮している村上をなだめた。

一体どういうつもりなのだろう。この男は本当に「尊厳死」を実行する気持ちがあって参加したのだろうか。村上の疑問に神川は答えた。

「少し態度がおかしいから、構わない方がいいよ」

納得できないまま、村上はどんよりした瞳の寺川を睨みつけた。

山本が何とか取りなし、また一人、二人と箸を動かし始めた。各テーブルに配られたご馳走は、再び皿と箸の触れ合う音だけを残し、平らげられていく。ケーキデザートだけはさすがにボリュームが多すぎたのか、カラスがつついたような食べ残しの無残な姿でウエイターによって引き上げられた。

騒動が収まり、神川は手洗いに立った。トイレのマークを探していると、廊下の角の窓際に小さな灰皿とテーブルが置いてある。そこでタバコを吸っている男がいた。寺川だった。神川に気づくと背を向け、閉じられた窓に向かって煙を吐きかけた。互いに会話はなかった。

宴会場での喫煙は遠慮したのだろうか……。そう言えば食卓の上には灰皿がなかったかもしれない。ちらっと目が合った時の寺川の視線には、ぞくっとさせるものがあった。神川は用を足すとすぐにその場を離れた。

会食が終わると神川は村上と別行動をとった。

英国の統治から解放された香港の街は大きく変わろうとしている。しかし、この香港がこの先どうなっていくのか興味はまったくなかった。あるのは今の姿だけである。

しばらく街を散策してペニンシュラに戻ってきた神川は、広々として、吹き抜けになった高い天井をいただくロビー中央のソファーに、ちょこんと座っている桃崎小百合を見つけた。車椅子の桃崎といっしょに先に戻っていたのだろう。会釈だけで通り過ぎようとする神川に、立ち上がって声をかけてきたのは小百合の方だった。

「あの、神川先生ですね」

「ええ、そうですが……」

「少しお話しさせていただけませんでしょうか」

小百合は丁寧に頭を下げた。地味な色合いのスーツがスリムな体格に似合っていた。だが眼鏡をかけた利発そうな顔立ちに笑顔はない。話の内容が小声になることを察知した神川は、小百合の横の革のソファーに腰かけた。小百合は簡単に自己紹介をして、不本意ではあるが祖父の死を看取る付添いで来たことを告げた。

「なぜ私の名前を？」

「香港の空港で、小森さんの心臓発作を応急処置されたのを見ていましたから」

神川は納得したように頷いた。

「変ですよね。みんな死を決意して旅行に参加しているはずなのに、予測しないトラブルにはめっぽう臆病なのですよ……」

桃崎小百合はあくまでも付添いの参加者である。このツアーに参加している神川もまたその臆病者だと伝えたかった。

「ところでお話とは……」

「実は、祖父である桃崎秀明の強い希望でこのツアーに参加したのですが……。先生のお力で何とか祖父の決心を変えていただけませんでしょうか」

突然の申し入れに神川は驚いた。思い悩んだ末の行動なのだろうか。

小百合の思いつめた瞳には、すでに涙が浮かんでいる。

「桃崎さん。すでにご存じでしょうが、僕もこのツアーに参加しているひとりなのですよ。すでに死ぬことを覚悟している者が、どうして他人に尊厳死を思いとどまれと説得できますか」

神川の言葉には皮肉ともとれる棘があった。

「…………」

小百合はバッグからハンカチを取り出し、眼鏡を外して瞼を押さえた。神川は焦った。

「すみません。あなたを責めるつもりはなかったのですが」

「いえ、わかっています。でも何度も何度も説得したのです。でも、とにかくついて来てくれと言うばかりで、まったく言うことを聞いてくれなくて……」

小百合はまだハンカチで顔を押さえたままであったが、今さらとりなす手立ても見つからない。と言って泣いている彼女を置き去りにして立ち去ることもできなかった。

少し時間をおいてから神川は小百合の本意を確かめた。

「なぜ、小百合さんは、おじいさまの希望である尊厳死の決心を止めさせたいのですか」

「自ら死を選ぶことは罪です。自然の条理に反しているからです」

小百合は濡れたまま強い瞳を向けてきた。

「……条理と言ってもいろいろな解釈があるでしょう。生きる権利と同じように死ぬ権利を人が持っていてもおかしくはないでしょう」

「それでも自ら命を絶つ行為は許されません」

神川はその視線が自分に向けられているようで、眉をひそめた。

「あなたは死を迎える直前の激烈な苦痛も、黄泉の国に旅立つ恐怖も、それを宣告された者の気持ちも理解できないでしょう。厳しい言い方をするようですが、健康で若いから、あなたには明日があります。病人の我々には明日はこないかもしれないのですよ」

神川はできる限り感情を抑え、静かに答えた。

「だからと言って、安楽死を選択するなんて卑怯です。ただ逃げるだけじゃないですか」

小百合が目尻に力を込めて反論してきた。それにつられて、神川の口ぶりもまた強くなった。

「みんなそれぞれが、苦しみ悩みぬいて結論に至った尊厳死の判断を、小百合さんや他人にとやかく言われたくない」

「先生のことではありません」

「同じですよ。僕も小百合さんのおじいさまの桃崎さんと同じです」

何が言いたいのかわかっていたが、あえてそれ以上の会話を避けた。

「先生に不快な思いをさせて、申し訳ありません……。でも生きていてほしいのです。その時がくるまでは、現実から目をそらさないで、ありのままを受け入れてほしいのです」

小百合の濡れた瞳に射すくめられたように、神川はたじたじとなった。

「何のためにですか」

神川はそんな小百合の瞳をのぞき込んだ。

「私のためにです」

小百合が無防備に見つめ返してくる。

「失礼ですが、小百合さんは何かの宗教に所属しておられませんか」

「いいえ違います。宗教的な意味で言っているのではありません」

小百合は神川の疑問をきっぱりと否定した。これまではっきりと自分の考え方を表明できる小百合の強さが容赦なく攻めてきた。

神川は「すみません」と言って立ち上がった。

話はこのまま簡単には終わりそうもなかった。さっきの中華料理の辛みがきいてきて喉は渇きを訴えていた。

「もしもこの話の続きを希望されるのなら、一杯だけホテルのバーで付き合っていただけませんか」

神川は断られるのを覚悟のうえで誘ってみた。尊厳死に対する議論より小百合自身に興味を持ったからである。

答えはすぐに返ってきた。

「ご一緒させてください」

決して断られるのを期待していたわけではないが、自分で誘っておきながら、反面とまどったような気持ちも起こった。この展開は予想外であった。二人はロビーの奥にあるバーに席を移した。

小百合はキリスト教国際大学で分子生物学の研究助手をしていると言った。すでに博士号を取得しているという。聡明な話しぶりに惹かれただけではなく、不思議な香りが神川の嗅覚をくすぐった。

神川にとって、娘と言ってもいい年頃である。

もしかしたら、神川は自分の導き出した結論を、桃崎ではなく自分を引き止めてくれることをどこかで期待しているのかもしれない。小百合の祖父を生かそうとする情熱にどうしようもなく惹かれる自分を感じていた。

スコッチの水割りを静かに喉に流し込みながら、冷静さを保っているものの、心臓の鼓動が速くなった。

小百合は問わず語りに、自分がこのツアーに参加することになったいきさつを話し始めた。桃崎本人は車椅子を使っていても脳機能には特に問題はなさそうだ。それでは何が問題なのだろうか、神川の疑問は膨らんだ。

「小百合さんは、おじいさまがそこまで強くこのツアーに参加されたいと願った理由をご存じなのですか」と、聞いてみた。小百合は小さく首を横に振った。

「いいえ、何も。その部分はどんなに聞いても教えてくれないんです。ただ私について来てほしいと言うだけで……」

小百合の不安そうな表情が胸をついた。

「とにかく、明日にでも桃崎さんにお会いしてみます。それなりの事情があるでしょうから……。ところで、おじいさまはおいくつですか」

「今年で八十八歳です」

「八十八……」

神川は絶句した。何故、八十八の老人がこんなツアーの参加を決めたのだろう。

小百合から相談されるまでは、他人のことに口を挟むことを極力避けていたはずなのに、先ほどまでは考えもしなかった展開に心が動揺している。自分の明日すら定かではないのに、ここまで来て他人の荷物を背負おうとしている。そんなことをしていいのだろうか。不安とも途惑いともつかないものが心を過《よぎ》った。

小百合がカウンターの椅子から立ち上がった。

「よろしくお願いします。祖父が心配しているといけないので部屋に戻ります。今夜はありがとうございました」

頭を下げた小百合のショートの黒髪が揺れた。

小百合が去ってからも、神川はしばらくバーカウンターで時間を過ごすことにした。若い彼女が純粋に祖父に生きていてほしいと希う情熱の中に、ひどくなつかしいものを見つけたような気がする。それは、すでに自分の中には失われたものであった。

二杯目は水割ではなくロックで注文する。突然後ろから肩を叩かれ、現実の世界が飛び込んできた。振り返ると村上だった。

「先生！　部屋まで行ったのに留守で、探しましたよ」

村上の綻《ほころ》んだ顔が酒焼けしていた。

「先生もいっしょに来ればよかったのに」

「何かいいことでもあったの」

「あの福臨門の海鮮酒家を出てから、添乗員の山本と美人の菊池幸子さんと二次会に行ったよ」

「なるほど、それで嬉しそうなわけだ」

村上は上機嫌でバーボンの水割りを注文した。ユーチー海鮮酒家でカメラマンの寺川と気まずくなったことなどすっかり忘れているようだった。

「そう、俺は肝臓がんで腹水も溜まっているし、あれだけ毎日飲んでいた酒が最近では不味くて飲めなかった。それが、今日は、酒が旨いんだよ……。不思議なことに食事も喉を通るし、気分良く酔えるのはなぜだろう」

「たまたま香港の風土があっているのか、足ツボマッサージの効果かもしれないね。それとも菊池幸子さんにひと目惚れして、この世に未練をもったから……でしょう？」

からかったつもりで村上の顔をのぞき込んだ神川に、村上は無邪気に答えた。

「図星だ。先生は何でもお見通しだな」

そう言ってバーテンの置いたバーボンのグラスを掲げて見せる村上は、以前の茶目っ気を取り戻した青年のようであった。

「誰でも、その村上さんの鼻の下を見ればわかりますよ」

「へへっ。あんなきれいな人に見つめられるとねえ、死ぬ前に一度でいいからお手合わせできれば思い残すことはない……」

村上はきゅっと腰を持ち上げるようなポーズをした。下品な会話が俗世間への未練であることはわかっていた。それでも村上は顔を上気させている。

「何とかならないかな」

「何とかって、好きなら自分で口説いたらいいでしょう。もう後がないのだから怖いものなどないでしょう」

村上が困った顔をした。

「やっぱり振られた失意を抱いて、あの世に行くのは嫌だな……」

呆れ顔の神川も、村上の真剣な思いに同情する。

「それなら思い切って心の内を、ぶつけてみるしかないですよ」

「先生が口説いてくれない？　俺の代わりに……」

「はあ？　高校生じゃないのだから、今さらこの歳になってキューピッド役は勘弁してくださいよ。それより村上さんは、菊池さんをどうしたいの」

神川は村上の顔を見て苦笑いをした。しかし、こんな時だからこそ村上の気持ちも理解できる。

「どうするって……。抱きたいけれど、ただ抱ければいいって感情じゃない」

必死で言い訳をするところが可笑しかった。

「だってもうすぐ死ぬのですよ。女性を抱ける機能と気力があれば、それはそれで最高ですよ……。それともこのツアーを降りますか」

「だから困って相談しているんじゃないですか」

「困るといったってまだ出会ったばかりでしょう。それならいっそ大金でも積んで一夜の契りだけでもお願いしてみたら」

神川は村上の目を覗いた。

「そんなあ……。いや、それもありか……」

村上は本気で悩んでいる様子だった。

「何を今さら。この期に及んで、見栄を張って男の意地にこだわることもないでしょう」

「この期だから悩むんだ。ただの意地じゃない……」

会話が途切れた。神川もロックのお代わりを注文する。しばらく経ってから神川から話しかけた。

「ひとつ、村上さんに質問してもいいですか？」

「何ですか、先生、あらたまって」

「あくまでも仮説の話だけれども、もしも菊池さんを口説き落として、抱けたとしたら、もう何の思い残すことなく、すぐにでも旅立てる？」

「えーっ、そんな究極の質問にすぐには答えられないよ……。わからないなあ。それより、まず惚れられたいね」

「それは、相当難しいハードルですね」

村上がうーんと唸って腕組みをした。真剣に悩んでいる姿がおかしかった。

「そりゃそうだ。何も、決めたからと言って抱いた翌日に安楽死を決行することが正しい解答じゃない。次の日も抱きたい気持ちが残っていたら、もう一日、生きてみたくなる……」

たわいもない仮説に心が躍った。

そんな話をしながら、この前、女性を抱いたのは一体いつのことだっただろうと神川は考えていた。

「誰か有名作家の話だが、男の死の理想は腹上死だって」

「わかるけど、相手には迷惑な話だよね……。先生はそうしたい?」

「僕なら行為に及ぶ前に呼吸困難でアウトでしょう」

言葉と同時に無意味な笑いが出た。こんなバカげた話題がグラスの酒をあおらせた。気力以前に、体力がついていけない。自分に置き換えて暗い表情になった神川に、村上は気づいていない。

神川は素直な村上の気持ちが羨ましかった。

「死を選択した人間が、ギリギリまで死の恐怖と向き合う。いや、闘う。そう言いながら実際には耐えられなくなって、こそこそと逃げ出す」

神川は酔いが回ったのか、自分の心の内を吐露した。

「臆病者だから何かに縋《すが》りたい。それがたまたま美しい女性だっただけか……。かっこ悪いね」

村上がロックグラスを唇にあてた。

神川の言葉は、菊池幸子への想いで、欲望のまま妄想をふくらませている村上の心をしぼませた。生と死に近い場所にいるヒトの心の振り子は、ささいなことで生のほうにも死のほうにも、簡単に振れてしまう。

村上が納得したように大きく頷いた。

「やはり邪心は捨てるべきか……」

「それは邪心じゃないですよ、村上さん。誰だって最後の最後まで、もっと楽しく生きていたいでしょう」

「うん……」

「僕だって逃げ出したいですよ。このツアーじゃなく、病気の現実からね」

神川は溶けかけているロックの氷をくるくると回した。

「今さらこんなこと言っても始まらないけど、何で『がん』になんか、かかるのかな……。先生だってそうだけど」

結局、話はそこに戻ってくる。そもそもそんなことを話したって何かが変わるわけではないのだ。それでも、なぜ、の疑問はきっと最後まで心の奥でくすぶり続けるのだろう。神川はあえて話の続きを進めることにした。

「ヒトはおよそ六十兆個の細胞でできているから、その入れ替えの過程でおかしくなる奴が少しぐらい出ても不思議じゃない」

「でも、二人に一人はがんになるといっても、逆に言えば、ならない人が半分もいるんだ」

村上が神川の方に向き直った。

「ここにいる二人は当たりくじを引いただけなのか……」

神川は氷で薄まったロックを口に含んだ。

「がんといっても、がんもどきは恐らく誰でもが経験しているんです。しかし何とか気がつかないうちに、自分の治癒力で進行がんに移行しないで回復しているから、がんに罹っていたと知らないだけなんですよ」

「我々はその時、不幸にして治癒力が足りなかった……」

「そのとおり。がんへの転化は、食生活やストレスだけでなく、いろいろな要素が複雑に組み合わさって起こるから完全に防ぐことは無理でしょうね」

　ウイスキーを舐めるようにして味わう村上の姿は、いじらしくもあり、本当に酒を楽しんでいるように見えて、切なくもあった。

「がんは人類の最大の敵でしょう」

「いや、しかし近い将来には、がん化を抑制するウイルスや、ＩＰＳ細胞で自己の再生臓器を動物に作らせて、入れ替えることも可能になるかもしれない。だから、がんは最大の敵でなくなるかも」

「けれど、それまで、我々は生きていない」

　村上はそこで大きく溜息をついた。

「ごめん。僕もがんに闘いを挑む時機を逸したからね。あとは末期がんの断末魔の前に苦しまずに楽に最期を迎えたいのです。だからこそ、このツアーに参加したわけだから」

神川は自分で納得するように呟いた。

「先生はこのツアーに参加したことを後悔していないよね」

「もちろんですよ。明日も一日楽しみましょう」

「明後日はいよいよ天国に向かってのクルージング。不安だな……」

「楽しい、最高に愉快、と思いましょうよ。我々だけでも笑いながら安心して死を迎える。村上さんが求めている究極の美しい尊厳死ですよ」

神川はオーバーなゼスチャーで両手を広げた。

「日本に帰国する時には、棺の中に押し込まれ、横浜港で引き渡されるのだろうな……。そこではすべてが終わっている」

「わかりませんよ。二人とも横浜港の岸壁をこの二本の足で踏みしめていたりしてね」

「そんな、先生、それはひどいですよ。それでは大金を払ってまでツアーに参加した意味がないですよ」

村上は目を吊り上げて神川を見据えた。

「冗談ですよ、冗談……」

金の問題ではなかった。決心したことの大きさも重さも、一番よくわかっているのは神川自身である。だが、今それを考える時ではない。神川はそう思った。

二人は同時にカウンターバーの席を立った。

第三章
招待

香港での二日目の朝を迎えた。前の夜に少し飲みすぎたのか食欲はなかった。ラウンジにでかけ豪華なバイキングの朝食を前にしても、トースト一切れと生オレンジジュース、そしてコーヒーを啜《すす》っただけでそれ以上何か口に入れる気にはなれなかった。香港の空は相変わらずどんよりと低く垂れこめている。

観光の予定などなかったが、神川は桃崎小百合との約束が気になっていた。八十八歳の老人の決意を翻《ひるがえ》させることなどできようか。やはり小百合が何らかの話をしたとすれば桃崎のその後の行動が気がかりだった。

最終章の幕はすでに上がっている。誰にも気づかれることなく静かにこの世界から消えていくはずだったのに、いつのまにか違う役回りを演じようとしている神川がいた。


昨夜約束していた時間きっかりに部屋の電話が鳴った。小百合からである。

「おはようございます」という小百合の声は思いのほか落ち着いていて、これから桃崎を連れて市内観光をしたいという意向を伝えてきた。

香港最古の道教寺院であるマンモウミウに行きたいという桃崎秀明の希望は、孫娘小百合の車椅子のサポートだけではおぼつかない。香港は崖のような石畳の両側に店が密集しているからだ。ついては神川に同行をしてほしいとのことであった。神川は快く了承した。

支度をしてロビー階に降りていくと、二人はずっと前からそこにいたかのように人気のない柱の陰で静かに待っていた。あの車椅子の老人と明日、自分は同じ船に乗るのだ。老人の静かな決意と、その横に立つ小百合の清楚な美しさに、神川は思わず息を呑んだ。コンタクトにでもしたのだろうか、眼鏡をかけていない今朝の顔は、昨夜の小百合とは別人のように見えた。おそらく桃崎にとっては、目に入れても痛くないほど可愛い孫娘なのだろう。名前のごとくユリの花のような佇《たたず》まいがして、神川は少しばかり心が動揺した。

ホテルペニンシュラとは反対側にある香港島のハリウッドロード沿いに寺院は位置している。後部座席に車椅子がそのまま乗車できるタクシーが呼ばれた。

小百合は桃崎の隣に、神川は前の座席に乗り込んだ。

雑踏を走り抜けるタクシーから眺めると、まるで人の波が往来の四方から押し寄せてくるようで、行き来する人の多さに驚かされる。

「すみません。小百合が先生に無理にお願いしてしまって……」

桃崎が後ろから声をかけてきた。

「いいのですよ。僕は他に用事もないですから」

神川は軽く受け流した。

寺院に着くと神川が車椅子を押した。桃崎は懐かしそうに、天井から吊るされた渦巻き型の線香を見上げた。

「以前にいらっしゃったことがあるのですか？」

過ぎた日の思い出を繙《ひもと》いている様子の桃崎に問いかけた。

「ここには学問の神様と商いの神様が祀られているのです。当時、イギリスの統治領であった香港を商用で訪ねた時に、イギリス人の商社マンがここに連れてきてくれたんです。中国人ではなくイギリス人が、東洋人の習慣を熟知していた……。商売の神様だから日本人が喜ぶと思ったのでしょう」

桃崎は懐かしそうに笑顔で話す。

「商談は成功したのですね」

「そう……。ここに来たのがきっかけでね。それからこの香港には数えきれないほど来ました」

桃崎は過ぎた日の時間をいとおしむように当時の記憶を手繰り寄せている。ここが桃崎の人生の分岐点のひとつになったことは想像できた。立ちこめる線香の香りと、祭壇に並ぶ人の列は途切れることがない。

桃崎はゆっくりと内部を見て回るうちに、時折、眉をひそめ険しい表情を見せた。合わせた両手が微かに震えている。しばらくして胸のつかえがとれたように、穏やかな表情に戻った。すべてを覚悟しての行動なのだ。深い事情があるには違いない。

神川は何の作戦も立てられずに車に戻った。

ホテルに戻る途中、油麻地西貢街で車は停車した。

「この身体ではレストランで食べるのも人に迷惑をかけるから、ちょっとした昼食を用意します。先生も一緒に食べてくれませんか」

「いいですよ」

神川は快く返事をした。もう少しこのツアーへの参加を決めた桃崎の背景を探る必要があった。

運転手が先に降りると一軒の店の中に入って行く。店の前の歩道にはすでに十数名の客が並んでいた。小百合が運転手のあとに続いて店の中に入る。

彌敦粥麵家（ネイトンジョミンガー）はアワビが入ったお粥で有名な店らしい。運転手が店のおかみさんらしき人と何か話している。十分も待つとテイクアウトで用意された大きな容器を抱えて小百合が小走りで戻ってきた。運転手も後から車に乗り込む。

ホテルの、桃崎が宿泊しているセミスイートの部屋は、広く豪華だった。桃崎が思い描く最後の舞台にふさわしいセッティングなのだろう。用意周到に計画されたスケジュールを変更する余地などありそうもない。

部屋に入ると同時に、ボーイが食器と老酒を運んできた。古酒の老酒の入った壺を木鎚で壊すと、中から二重になった陶器の壺が現れた。ゆっくりと蓋をはずし、錫の柄杓でグラスに注ぐ。身のこなしのパーフォーマンスが食欲を盛り上げてくれる。部屋に広がる香りと、琥珀色の濃淡がほどよい熟成を表していた。

小百合から渡されたチップの額が気に入ったようで、ボーイは愛想よく部屋を出ていった。

ドアーが閉められると、小百合が料理を取り分け、三人の昼食会が始まった。

「小百合さんはここのお店のお粥は召し上がったことがあるのですか」

神川が質問する。

「ええ、以前、家族と来た時に……」

一瞬であったが、小百合は桃崎を見た。どこか言葉にぎこちなさがあるように思えたのは気のせいか。小百合がアワビの入った粥を小鉢によそってくれる。さっそく神川は口に入れた。

「とても上品なあっさりした味ですね」

味に感動した表情で神川は、桃崎を見た。

「こう見えても、出汁は魚と豚骨のスープで長時間煮込んで作っているからね。どうぞ、よろしければお代わりをしてください」

桃崎の勧めもあって、神川は空になった粥茶碗を小百合に手渡した。

「アワビは香港でも獲れるのですか？」

神川が尋ねる。

「最高のアワビは香港ではなくメキシコ湾から取り寄せているそうです」

すぐに桃崎が答えた。

「さすがに長く香港にいらっしゃったことがあるだけあって、詳しいのですね」

「老酒の味はどうですか」

桃崎は上機嫌である。

「口当たりが良くて、老酒とは思えないですね……」

ロックで薄まっていても、老酒の香りが鼻粘膜をくすぐる。桃崎は常温で口に含みながら、ゆっくりと喉に流し込んだ。

「ところで、神川先生もこのツアーに参加されているのですよね」

突然、念を押すように桃崎が話しかけた。

「そうです」

何のためらいもなく神川は答えた。

「最初はツアーに同行する医師かと思っていたのですが、それを聞いて安心しました」

「安心されていいですよ。僕も当事者であって外野ではありませんから」

「先生の事情もいろいろおありでしょうが、もう九十も近くなって体力も気力も限界です。少し疲れました。まあ、姥捨て山に行く気持ちで来ましたが、こんな美味いものを食べると長生きも悪くない……」

「ツアーの参加はご自身の考えだけで、お決めになったのですか」

「連れも先立ったし、相続は弁護士に任せ、唯一の気がかりは、孫娘の小百合のことだけですよ」

「尊厳死に対しても、相当のお考えがあって計画されていたのですね」

「あと二、三年生き延びたところで寝たきりになるだけですから、元気なうちにこのへんで、この世と『おさらば』することに決めました」

それまで黙って聞いていた小百合が口を開いた。

「かっこよく死ぬことばかりで、周りの人の気持ちなんか何も考えていない。おじいさまも先生も、尊厳死を選ぶなんて自分勝手です」

「たしかに、そう言えば尊厳死という名目で安楽死するのだから、これほど身勝手な行為はないな……」

桃崎は話しながら口元を綻《ほころ》ばせていた。神川には、桃崎がその言葉通りの理由で決めたのではなさそうに思えた。

「先生は医者だから、たくさんの人の死の場面に立ち会ったでしょう。患者であっても、人は死ぬ間際が一番肝心だと思う。黄泉の国に行くのにも、行き方に死の美学がある。瞬時に起こる事故は別ですが……。いたずらに不安を長引かせるだけが正しい死に方じゃない。そうですよね、神川先生」

桃崎の考え方がほんの少しだけ垣間見えた。諭《さと》すように話す桃崎に小百合が悲しそうな表情をした。

「でも、家族にとっては少しでも長く生きていてほしい……」

小百合の瞳から大粒の涙がこぼれた。

「だれのために生き恥を曝《さら》してまで、生き続けなければならないのか、家族に迷惑をかけ、自分の下の処理までできなくなって、介護の世話になり、喜怒哀楽すら鈍磨になる。認知症の状態で長く生き続けることは、自分の人生の終焉であっても選択肢にはないんだよ」

桃崎は頑固に言い張った。

「それは、おじいさまのことだけじゃないわ。だれでも年をとれば、みんなが経験することでしょう」

桃崎の決意は変わらない。

「小百合。残りの生きている時間が、ただ生きているというだけでは意味がない。しかも認知症が進行するとその辛ささえ感じなくなる。情けないことだ」

小百合が途方に暮れたように天を仰いだ。しかし、事業にも成功した桃崎が悠々自適の生活を投げ出してまで尊厳死を選ぶことには、何かもっと別の問題があるに違いないと神川は思った。最後の介添えを小百合に頼んだのも理由があるのに違いない。

小百合は哀願するように神川を見てから、ちょっと珈琲が飲みたくなったからと言って部屋を出た。おそらく神川と桃崎の二人きりの時間が必要だと感じたのだろう。

神川は老酒の入ったグラスを傾けながら、少し雰囲気を変えようと思った。

「小百合さんは、いいお嬢さんですね」

桃崎は返答の代わりに神川に問いかけた。

「神川さんはお医者さんでしょう。それが何故、このツアーに参加されたのですか」

藪から棒に桃崎は神川の参加理由を尋ねた。

「がんが発症して、脳に転移巣も見つかったのです。末期がんの診断です。正直に言えば、これから始まる緩和ケアーが怖しくなって逃げ出したわけです」

桃崎は小さく頷いただけで、それ以上聞き返すことはなかった。神川は返答に困った。先妻の直子のがんとの壮絶な闘いは思い出したくなかった。しばらく無言の時間が流れた。

神川は桃崎の次の言葉を待った。

桃崎の沈思には何か侵してはならない雰囲気があった。神川の老酒がほとんどなくなりかけた頃、ようやく思い出したように桃崎が話を切り出した。

「先ほど道教寺院であるマンモウミウに連れて行ってもらいましたが、私は天寿を全うしてはならない罪を犯したから、地獄への案内を頼みに行ったのです」

神川は驚いて桃崎の顔をまじまじと見た。

「桃崎さん……。地獄って……」

その先を聞いてよいものかどうか神川はためらった。

「言いにくいことは、何も話さなくてもいいですよ。大切にしてきた秘密は最後まで伏せたままの方が楽なこともありますから」

桃崎は目を閉じていた。この広いセミスイートの部屋に流れる時間が、果たして本当に流れているのか、淀んでいるままなのか感覚はあいまいだった。老酒が身体をめぐり、ぼんやりとした神川の思考のなかで、自分には今日の次に明日がくると当たり前のように信じて生きていたことを思う。

しかし今、神川の目的とは異なった次元の位置、それもひどく遠い場所に桃崎がいるのだと神川はあらためて思った。

「先生は小百合に私の尊厳死を引き止めるように頼まれた……」

「おっしゃるとおりです」

桃崎の表情が少し険しくなった。何かを巻き戻しているような仕草が見え、話し始めた。


「すべてがこの香港の地から始まったのですよ……。三十年余り前のことです。ここがきっかけになって、うちの事業もどんどん伸びていった。……でも私はここで、この香港で人として大きな間違いを犯しました。香港への進出を模索していた矢先、香港支店長であった東野時雄の妻、真知子に横恋慕して、小百合が産まれたんですよ。上司だった立場もあって半ば強引に奪ったのです。実は小百合は孫ではなくて娘です」

桃崎はふっと溜息を吐き出した。

「そのことを小百合さんはご存じなのですか？」

「いいえ、何も知りません。あまりにも美しすぎる真知子に常軌を逸していたことは事実です。妻の不倫を後で知った部下の東野は、ここ香港で首を吊り死にました……。さらに小百合の母親である真知子も産後の肥立ちが悪く、若くして白血病でこの世を去りました。罪は私にあります」

複雑な事情を抱えた桃崎の苦悩が、寺院で真剣に拝んでいる姿と重なった。

「すぐに小百合を引き取り、子供に恵まれなかった次男である重孝の子供として養子縁組をさせましたが、この事実は一部の親族以外には誰も知りません」

「なるほど」

神川は深く頷きながら尋ねた。

「私が口をはさむことではありませんが、そのことは、小百合さんは知らなくて幸せだったのかもしれませんね……」

「そうだな。あの子にとって真実を知ることは、かえってこれからの人生に不幸の種をまくことになる」

「この世には知らなくてもいいこともありますから」

「しかし若かったとはいえ、自分の犯した罪は消えない。だから天国に行く資格なんてない。今さら過ちを悔いても時間は取り返せないが、でも死ぬのはやはり怖い……。自殺する勇気もない。だから尊厳死と称してツアーに参加して安楽死を選択したというわけだ」

「…………」

桃崎の話がすべて真実であるかどうかはわからない。しかし、桃崎にとっての三十年余りの歳月を考えた時、神川は愕然とした。歳月は人の心に浸食と風化を繰り返す。その痛みも苦しみも時間という濾過装置を通過して、なお海の塩のように結晶となって、この老人の心にこびりついているのだろう。

「神川先生、老酒のお代わりはいかがですか」

「ええ、いただきます……」

神川はテーブルから老酒をグラスに移した。ロックアイスを中に沈める。琥珀色の渦の中に氷の塊が躍った。

「それでも死を選ばれたことを知ったら、小百合さんは悲しみますよ」

「小百合は絶対私を許さないでしょう。それが怖い」

桃崎は吐き出すように一気に話し終えると、穏やかな表情に戻った。

「そうでしょうか……。小百合さんは聡明だから事実を知ったとしても冷静に受け止めてくれますよ」

「…………」

じっと黙ったまま考え込む桃崎からの返答はなかった。

「なぜ私に話されたのですか」

「医者は守秘義務があるだけじゃなく、先生は秘密を洩らさない。先生も死ぬからね……」

神川はグラスに残っていた老酒を一息で飲み干し、そしてふたたび桃崎の顔を見た。老酒は氷が溶けてかなり薄まっている。ひとわたり思いをめぐらせてから、神川はゆっくりと老人に語りかけた。

「先ほど知らなくてもいいこともあると申し上げましたが、少し考え方が変わりました。桃崎さんも私も近い将来必ず死にます。ですが小百合さんは違う。これから五十年、いや、七十年でも生き続けられるでしょう。医者をやってきて思うのは、生きていくということは、不様な自分の生きざまを含めてすべてを受け入れるということです。どうでしょう。桃崎さん、いっそすべての秘密をご自身の口から小百合さんに話されてはいかがですか、小百合さんはしっかりとした考えをお持ちです。多少の動揺があっても結果的には良いかもしれません……」

桃崎がひとつ深く息を吸い込んだ。

「ちょっと考えさせてくれ……」

そう言って、桃崎は口をへの字に閉じたまま黙った。

「DNAの診断もありますから、いずれ本当の父親を知ることになるでしょう。そうすれば事実が明らかになるのは時間の問題です。小百合さんに真実を打ち明けられた後で、もう一度尊厳死の問題を考えられたらいかがでしょう」

「………」

桃崎はしわだらけの手で口元のあたりをなでさする。

神川は立ち上がった。

「私の役割はこれで終わりです。アワビ粥と老酒は本当に美味しかったです。ご馳走さまでした」

小百合の帰りを待たずに、礼を言って、神川は桃崎の部屋を辞した。少し酔いが回って足にきている。ふらふらと歩いていると、自分がひどく滑稽に思えて、思わず笑ってしまった。いくら小百合に頼まれたからといって他人の死を引きとめる資格などあろうはずがないのだ。滑稽さとないまぜになって神川の気持ちを複雑にしているのは小百合の母、真知子は偶然にも神川の妻の名前と同じであったことである。小百合の訴えは、神川の家族からの叫びにも聞こえた。

医師であるがゆえに肺がん末期の症状がどのようなものかを知っている。しかし、神川は肺がんの事実から逃げ出した。もっと酔いたいと思ったが、これ以上のアルコールは体が受け付けそうもなかった。

自分の部屋に戻ると、ベッドになだれ込むように横になった。酔いも手伝ってたちまち意識は消失した。

二時間ほどは寝ただろうか。眠りを妨げたのは、村上がドアーを叩く音だった。腕時計で時間を確かめると夕方の五時を過ぎていた。もう少し静かに眠っていたかった。

しかし明日には香港を離れるスケジュールである。時間を惜しむ村上の気持ちも理解できた。

部屋に入ってきた村上は少し興奮気味であった。村上の後ろにかしこまった様子で内山が立っていた。空港で心臓発作を起こした財閥の会長、小森喜三郎から晩餐への招待である。秘書である内山が、神川にぜひ出席をと小森会長のメッセージを口頭で伝えに来たのだ。今夜の夕食はフリーである。老酒が身体に残っている以外、神川には断る理由はなかった。


会場は「夜上海」イエションホイ。マルコポーロ・香港ホテルの六階、酒酔鶏が有名な上海料理の店であった。

六時半開宴とのことであった。小森の手配で、招かれたメンバーはペニンシュラからタクシーに分乗してマルコポーロホテルに向かった。神川は村上と二人でクラウン・コンフォートの後部座席に乗り込んだ。山本の話では小森会長の指示で全員に声をかけたらしいが、それぞれの都合で何人かは欠席となったとのことだ。

貸し切りにした宴会場の小部屋は、真紅の垂れ幕に金の刺繍がまばゆい。舞台の上では二人のチャイナドレスの若い女性が二胡を奏でている。

ホスト役の小森は上機嫌であった。

神川は村上と一緒に席に案内された。隣にはすでに初老の紳士が座っていた。名前は田中一二三。チャコールグレイのカシミアの上着が似合っていた。歳は七十代半ばであろうか、最初の山本の紹介では元大学教授で弁護士らしい。アルツハイマーを発症しての参加で、すでにそのアルツハイマーとして脳機能障害の兆候が現れているとの自己紹介があった。

田中の話し方を見る限り、症状の陰りもまったく感じさせない。

村上はひそひそ声で神川に尋ねた。

「話しぶりでは、何もおかしいところは感じないのに、医者である先生から見て田中さんがアルツハイマーだってわかるものですか。やはり脳の病気なんですかね」

村上の疑問は当然なのかもしれない。しかし神川は田中の勇気ある決断に感心していた。

「まあそんな悲しい詮索はやめましょう。せっかくだからいただきましょうよ、こんなすばらしいご馳走はめったに食べられるものじゃない……」

この場であれこれ説明することは、それこそ決心して参加を決めた田中の尊厳を傷つけることになる。がん患者である神川は、病気は違っても田中の安楽死の決着の付け方にかえって親近感を抱いた。

他にも二名の客がいた。メタボの体型の奥村弘貴とスレンダーな木島憲和である。いずれも七十代前半か、もしかしたら六十代かもしれない。

それぞれが、それぞれの事情を抱えてのツアー参加である。そんなことは百も承知だ。他人の事情などどうでもいいことだし、触れてはいけない領域だと思う反面、それぞれが抱く死生観や動機には興味が湧いた。皆、何を思い、何を捨てて、ここにやって来たのだろう。何も知らなくても、数日のちには死を迎えるつもりで皆ここにいるという意味で、同志であると言えなくもない。根掘り葉掘り聞くのははばかられるが、事情を知ればおそらく納得もするし、わずかに安堵感のようなものさえ覚えるかもしれない。そのくせ自分のことは誰にも知られたくないのだ。

「夜上海」の舞台では夜来香が二胡の演奏で流れた。日本人のグループと知っての演出なのだろう。全員が黙ったまま聞き入っている。

曲が終わると小森が用意していた高級ワインがふるまわれた。シャトウ・ラトゥール二〇〇五年物である。ボーイによってワイングラスが配られた。

前菜が手際よくテーブルに並べられる。

不思議な雰囲気の中、小森の挨拶で宴は始まった。

「座ったままで失礼します」

内山が車椅子を少し引き、小森の手にワイングラスを手渡した。

「一杯のワインは人の生命力である血液にひとしく、二杯目のワインは心臓に響き、三杯目のワインは安らかな永遠の眠りを誘う……乾杯」

同席したみんなが唱和に応じた。神川はグラスを掲げたものの酒の香りを嗅ぐと、少し噎《む》せそうになった。まだ昼の老酒が残っていた。

それに比べ村上が喜んだのは、添乗員の山本健吾だけでなくお気に入りの菊池幸子がこの宴会に同席しているからだった。菊池の服装は地味な濃紺のスーツ姿で客室アテンダントのようで似合っていた。

さっそく村上はワインのうんちくを菊池に語っている。村上の屈託のない嬉しそうな仕草に、神川は軽い嫉妬めいたものを感じていた。その瞬間が近づく恐怖がすでに心を支配し始めているからだろうか。

明日の不安を払拭するために、再び杯をあおった。

「神川先生は、お酒がお強いのですね」

「いえ、やけくそですよ」

田中の声掛けに、神川は思わず本音を漏らした。

田中も差し入れを用意していた。鞄からボトルを取り出す。三十年物のバランタインである。それもラベルを見ればヴィンテージもので、さらに二十五年寝かせた五十五年物の貴重なウイスキーである。最後の晩餐ともなるとみんな気が大きくなるものらしい。

「古くからの友人にもらったものですが、こんな時に飲まなければと思って持ってきました」

新しいロックグラスと氷が用意された。

神川にはアルツハイマーと診断を下された田中の気持ちが痛いほど伝わってきた。水割りを口に含む仕草は、どこか荒んだものを感じさせた。おそらく以前はもっと上品で豪快な飲み方であったに違いない。かつて常に身につまされて感じていた、病に対して医者として何もできない無力感が蘇った。

「蒸留酒を称して、オー・ドゥ・ヴィー、生命の水とはよく言ったものです。なんだか力が満ちてくるようだ」

田中がぼそりと呟いた。

酒がほどよく回ると、しだいにあの世の話題になった。みな黄泉の国は天国と決めつけているらしい。

最初に口火を切ったのは小森だった。

「ここまできたら死ぬことは怖くないですが、本来人間は、死んだあとはこの世に存在する自然の一部に戻れたらそれが一番いいと思いますね」

日頃ニトロールを持ち歩く小森も、美味いワインが血液を巡って、緊張が解けたようにゆったりとした口調で話した。

「それは会長の死の美学ですか」

木島が反応した。末席にいる山本は頷きながら皆の話を聞いている。

ツアー会社としてこの企画を成立させるには紆余曲折、山本にも相当のプレッシャーがあったに違いない。しかし、いよいよこれからが本番である。山本もまた添乗員の立場を超えた対応を迫られることになるだろう。

「じゃあ、小森会長はそのあとはどうされるおつもりですか」

村上が口をはさんだ。

「そのあとって、死んだあとのことですか」

失礼なことだと神川は村上の腕を引いた。小森は気にかけてもいない素振りだった。美味しいお酒は少しずつ皆の舌を滑らかにするようだ。

「実はまだ少し迷っているのですよ。棺で帰国した後、火葬をして埋葬してもらうのが順当なのかもしれないが、可能なら水葬にして海に流してくれてもいいと考えています。山本君、この線は可能なのか？」

「乗船したら、その件についても前向きに検討してみます」

山本がすぐに答えた。硬い表情は崩さないまま、またうんうんと頷いた。

それを受けて木島が驚いたように口を出した。

「だけど、水葬だと遺体が魚につつかれるのもどうですかね……」

どうやら木島は泳げないらしい。しかし、そのことを笑う者は誰もいなかった。

死にゆく人間が、すでに物体と化した自分たちの近未来の姿にあれこれと思いをめぐらし、語り合うというのも奇妙な話だった。

遠近両用の眼鏡をかけた木島には公務員として定年まで勤めあげて退職したような雰囲気があった。そんな木島がなぜこのツアーに参加したのだろう。神川は木島の参加理由に興味を持った。健康を害しているようにも見えなかった。透きとおったような木島の目の輝きが無気味ではあった。

「木島さん、アフリカでは鳥葬といって、サバンナの高台に放置され、鳥に蝕まれて埋葬されるという死後の処置方法もあるのですよ」

小森の説明に、今度は奥村が「聞いたことがあります」と言って話に加わってきた。

「都会でもカラスの群れが、ゴミの入ったビニール袋を気ままに破って食い荒らしているのを目の当たりにすると、ぞっとしますね」

「そう言えばヒッチコックの『鳥』って映画もありましたね……」

木島が映画のシーンを思い出したのか、眼鏡を人差し指で引き上げ大きく溜息をついた。

そのときボーイが颯爽と、首に赤いリボンが結ばれた丸ごと一羽の蒸し鶏をトレイに載せて運んできた。小森が苦笑いをこらえる。

菊池幸子が蒸し鶏から目を背けた。奥村はそれに続いて、さらにえげつない例を挙げた。

「土葬だって、土に帰るって言ったたって、結局は腐ったヒトの肉体がうじ虫やミミズに食べられるのでしょう」

奥村がそこまで言い終わった時、小皿に取り分ける皆の箸が止まりゲストの全員が口をつぐんでしまった。

「せっかく美味しいご馳走を食べているのに……。奥村さん、食欲が減退するような話はやめにしましょう。人の肉体は、心臓が停止するとドミノ倒しのように次々と死滅していくのです。つまり自己融解によって、ただの物質に戻るわけですから、そこには現象的になんら感情を挟む余地すらないのです」

自分の死後の姿を想像しながら酒を飲みたい人間などいない。小森のとりなしにもかかわらず、奥村が構わず話を蒸し返した。

「アメリカでは凍らせて、棺の中でそのまま百年も冷凍で保管されるという話も聞きましたが……」

「恐竜じゃあるまいし……」

神川は知っていても話には参加したくなかった。

「そうそう、アメリカではすでに葬儀の前に故人のＤＮＡを百年間保存することもあるとか。むろん一部の金持ちの話ですが」

小森は何でもよく知っている。小森の説明に奥村と木島が弱々しく相槌を打った。

その様子を見た村上が皮肉を込めてさらに追い打ちをかけた。

「三百年経てから、ゾンビのようにクローンでよみがえる。それも一人ではなく大勢でね……」

まるで他人事のように皆それぞれの死後の世界に思いを馳せている。不思議なほど現実感のない会話が成り立っていた。


小森が再び口を開いた。

「富裕層が考え出したやり方でしょう。エジプトのミイラと同じ、やはり日本人は、火葬で灰になるのがいちばん手っ取り早く、自然に帰る方法でしょうね」

小森の言葉には余裕が感じられた。

その話を黙って聞いていた内山が初めて口を挟んだ。

「日本では樹木葬が大流行りですね。骨から土に還り、いずれその栄養を得て育った樹木は里山となる。孤独死が増えている現状では、墓を守ってくれる子孫がないわけだから、流行るのもわかります」

尊厳死の当事者でない内山の発言はこの場の雰囲気にはそぐわなかった。周囲の視線にさらされ内山は慌てて言い訳をした。

「すみません、余計なことを言いまして……」

内山は気まずくなった雰囲気を取り繕うように、ロックアイスがないのを確かめるとアイスペールを小脇にかかえてその場を離れた。

気遣った菊池が後を追うように部屋を出る。

その後ろ姿をじっと見つめる村上の視線に、神川が小声で声をかけた。

「誘ってみたら、菊池君なら村上さんの尊厳死を思いとどまらせてくれるかもしれないよ」

「無理、無理……。彼女はあくまでも添乗員だから、明日にも死にゆく男なんかに興味はないだろう」

「アプローチしてみたの」

「する必要もないよ。言い寄っても断られるだけ。惨めな結果を引きずっての旅立ちは、ごめんだ」

村上の語気の強さからすると、もしかしたらすでに何らかのアプローチはしたのかもしれない。神川は村上の気持ちを察して話題を変えた。

「修学旅行で、美人のお姉さんのバスガイドさんにワクワクした時と変わらないね」

二人は顔を見合わせ、あいまいに笑い合った。

アイスペールにロックアイスを入れて内山が戻ってきた。だが、いっしょに出て行ったはずの菊池の姿が見えない。村上が不安そうな表情をした。

しばらくして菊池がボーイを連れて戻ってきた。ボーイの手には山盛りのフルーツ皿が乗せられている。

「ここの果物ですが、召し上がってください」

菊池の機転が暗くなりかけた宴会の雰囲気を回復させた。

神川はホテルに戻る前に手洗いに立ち寄った。そこで田中にすれ違うと、田中の方から声をかけてきた。

「こんなところですが、ひとつ聞いてもいいですか」

「何でしょうか……」

神川が足を止めた。

「アルツハイマーという病気は遺伝するのですか」

「素因はあるかもしれませんが、今のところ遺伝子の病気だとは報告されていません」

「それを聞いて安心しました」

田中はもしかしたら家族のことを慮《おもんばか》っているのかもしれない。それならなおさらである。神川の返事に田中は笑顔を浮かべたようないい表情をした。アルツハイマーでは笑顔を見せることは滅多にないはずだ。

神川は思い切って不躾な質問を田中に向けてみた。

「田中先生は、アルツハイマーと診断されたそうですが、まだそのような進行した症状には見受けられませんが……」

「実は兄がアルツハイマーで長く療養していました。先だって亡くなりましたが、しばらくは同居していましたから、よくその症状の怖さは知っています」

「そうだったのですか」

「進行を遅らせると言われている薬は飲んでいますが、あんなふうになる前に自分でケジメをつけたいのです」

「そういう事情があったのですか……。申し訳ありません、失礼なことをお聞きしまして」

「いいえ、みんなお互いさまですから」

手洗いを先に済ませた田中が静かにレストルームから出ていった。その田中の後ろ姿には、言いしれない寂しさが漂っていた。

第四章

天国への旅立ち

豪華客船プリンセス・ステラ号に乗船する日がやってきた。

明け方、神川は金縛りにあった。動こうとしても身動きが取れず、必死でもがきながら妙なことを思い出していた。子どもの頃、初めて「カナシバリ」という言葉を知ってから、それはとても悲しいことに縛られて身動きできなくなることだと、長いあいだそう思い込んでいた。

あの頃の自分は、カナシバリの何たるかを知らなかった。その言葉は神川の想像をかきたて、と同時に、その悲しい響きが空恐ろしくも感じられたものだ。なぜこんな昔の記憶が今になってよみがえるのか不思議だった。

朝、その「カナシバリ」から解放された後も、自分の体の鉛のような重さに愕然とせざるを得なかった。起き上がれるだろうかと不安になったが、ゆっくり足の先から動かして、時間をかけてやっと上体を起こすまで、ずいぶん時間がかかった。

最近はあまり飲んでいなかった酒を、昨日は調子に乗って何杯も飲んでしまったせいだ。どうせあと何日かの命だと思いながら、不安は渦を巻くようにして湧き上がってきた。


プリンセス・ステラ号が接岸している桟橋は、ホテルペニンシュラのすぐ近くにあった。出入国管理局があるハーバーオーシャンターミナル出入国管理局まで徒歩でいく。山本が荷物を取りまとめ、ホテルのチェックアウトはすでに終えている。あとはそれぞれが桟橋の集合場所に向かうだけでよかった。

豪華客船のクルーズは中国国内でも人気なのか、総勢二百人を超えそうなグループもいて、中国国旗を振りながら、大集団を前に何人ものツアーコンダクターが大声をあげて説明している。我々のグループとは異なり、生命力のかたまりのような熱気が伝わってきた。

ターミナルの左側で我々のグループの小さな看板を抱えているのは菊池幸子だった。薄いグレーのスーツを着た幸子の姿は遠目からでもすぐにわかった。立ち姿はきりっとして、なるほど、小股の切れ上がったという古くさい表現がぴったりだと今更のように思えた。傍にいる村上は集合時間が気になるのか腕時計ばかりを気にしていた。

そこにバンでトランクが運び込まれてきた。携帯電話を耳に当てる山本の表情が険しくなった。慌てている山本とのやり取りで、何かトラブルが起こったらしいことはすぐにわかった。

神川の姿を見つけた山本は会釈すると近くの桟橋、マカオへの定期便が出る香港チャイナターミナルの方向に向かって駈け出して行った。村上の話では、昨夜からマカオに出かけたツアー参加者、木村拓則がホテルにも戻っていないらしい。昨夜、カジノで木村の姿が目撃されていたという。

「マカオで大当たりでもしたんじゃない」

村上が冗談交じりに羨ましそうに囁いた。

「きっと死ぬのが怖くなったんですよ。いいじゃないですか、人には人の事情があるのだから……」

神川には木村が二度と戻ってこないことは容易に想像できた。カジノで大当たりしたのかどうかはわからないが、とりあえず今回はやめにしておこうと思ったとしても何も不思議はない。どちらにしても他人のことはどうでもいい。人は人だ。そう思う反面でツアー参加者の一人が敵前逃亡したことに多少の動揺を覚えないではなかった。

何人かの脱落者は予想していた。だが、その脱走を目の当たりにすると、さすがに乗船の足取りは鈍くなった。この船に乗り込めば、もう後戻りはできない。神川をはじめとして、ツアーの参加者の誰もが心のどこかで、引き返さざるを得ないアクシデントが勃発することを期待しているのかもしれない。

自分の意志ではなく、そうせざるを得ない不測の事態によって、変更させられてしまうというシナリオである。

たしか木村拓則は初日の福臨門ユーチー海鮮酒家での晩餐には出席していたはずだが、神川の記憶にも木村の影は薄かった。村上が言うようにマカオのカジノで大当たりしたから離脱したのではない。神川はそう考えていた。きっと今少し、楽しそうな人たちであふれる雑踏の中で生きながらえることを、ここにきて選択したのである。

出発時間になってもやはり木村は集合場所には現れなかった。

豪華客船プリンセス・ステラ号はオランダ船籍であったが、資本は中東の石油王から注入されているらしかった。船内にはミニのディズニーランドとラスベガスのカジノが設えられ、映画館に劇場までが揃っている。乗船客も国際色豊かな顔ぶれである。

十五階建てのビルディングがすっぽり入るスケール。そんな中で、豪華なクルーズを楽しむ日本人旅行客は他にもいたが、我々の小グループの真の目的に気付く者は誰一人いなかった。

旅情溢れる汽笛音とともに船は静かに岸壁を離れた。次の目的地であるインドネシアのバリ島に向かっての航海である。

村上が、さようならと日本語で叫びながら、デッキでさかんに手を振っているが、彼を見送る人の姿はなかった。

最初の船内での夕食はフランス国内でも有名なフランス料理の店、ラ・メールでのコース料理である。成田を出発して以来、毎日が豪華な最後の晩餐である。

参加は希望者のみであるにもかかわらず、木村がマカオに行ったきりで離脱者となった以外は全員が顔を揃え、個室が予約されていた。

車椅子の桃崎老人と娘の小百合、財閥の小森会長と内山秘書、カメラマンの寺川、高級老人ホームに住む谷口夫妻、元大学教授で弁護士の田中、年金生活者の木島、老舗和菓子店主の奥村、そして村上と神川である。

いつものようにおしゃべりも少なく静かに食事会は進められた。デザートにケーキとコーヒーが配られた時、おもむろに山本が立ち上がって簡単な挨拶をし、これからのスケジュールを説明した。

今夜から夕食時に各自がトランプカードの入った封筒を引く。食事に来なかった人には山本がその封筒入りの箱をもって部屋を尋ねる仕組みだ。それによって誰が先に旅立つのかを決めるのである。そのカードを山本があとで回収し、その中で一番小さな数字を引いた人がその夜に決行される安楽死の優先権を得ることになっている。

わざとゲーム感覚を導入しているのである。むろんその気にならなければパスも可能だ。誰が引き当てたかは個別に山本から連絡が行き、そして決行の意志が確認される。もしパスした人がでた場合は繰上げされる。

翌朝になって朝食に現れないことが旅立ったことの証しなのだ。しかし、船が寄港地の港に停泊した時には決行されることはない。


さっそく夕食後に村上が神川の船室を訪ねてきた。

「先生、俺のカードはスペードの二だったよ。山本から連絡がきて大当たりだそうだ。でも今回は頼み込んでパスすることにしたよ」

村上の声の調子が心なしかいつもと違う。村上の動揺ぶりに神川も驚いた。

「大当たりか……。まあ延ばしてくれてよかったよ。まだ先が長いのだから、慌てて逝くこともないさ」

「先生は?」

「ダイヤのクイーンだった」

「なぜこんな手の込んだゲームをやらせるのかな」

「カードを引かせて最後の意志というか覚悟を確認するためじゃないのか」

「だから俺みたいにパスもありなのか……」

「いくら何でも一度に全員が安楽死で逝くのは、不可能だしね」

村上の強《こわ》ばっていた緊張が少し取れたようだった。

「ところで先生、執行役のドクターに会った？」

「いや、まだだけれど」

村上は不服そうな顔つきになった。大当たりしたので山本に頼んで船内の診療室でドクターと面談したのだそうだ。村上にしてみれば自分の最期を看取ってくれる人間と何らかの信頼関係を築いておきたかったのだろう。

驚いたような表情で村上が言った
「オランダ人の医師だと聞いていたが、それも女医だよ」

「意外だな。女医か……」

「ドクターの顔と言うより、どんなことをするのかが知りたくてね」

「それで、その女医さんは何て言ったの」

「表情一つ変えないで、何も教えてくれなかった」

「何も?」

「そう、何も」

神川は笑い出すのをこらえた。村上の報告は予測できる範囲のものだった。

「なるほどね。村上さんが中止したからなおさらでしょう」

オランダでは以前に尊厳死を許可する病院が国内にあったぐらいだから、執行医がオランダの女医でも決して不思議なことではない。

「この際、どの国のどんな人種であろうが男でも女でも一応医者でさえあれば関係ないと考えていたが、実際に会ってみると、どこか気に入らないものだね……」

「どんなふうに、嫌なの? 女性でもいいじゃない」

「何というか、冷たくて無機質的な感じなんだよ。いざ死のうって時に最期を看取ってくれるのが、見知らぬ外国のおばさんというのも、何だかなあ」

「そんな、これはドラマじゃないからね。感情移入することを極力避けているから、そのような態度に見えたんですよ。村上さんが、若くて胸が露出した金髪の美人ドクターを期待していたからじゃないですか」

今度は村上が苦笑する。

「ヘッヘッ。まあね。それにしてもあの冷たく硬い表情ではね。まあ、どうせ死んでしまったらわからないんだから、関係ないと言えばないんだけどね。まるで魔法使いみたいなんだよ」

それを聞いた神川は本当に声を出して笑ってしまった。

「そう。天国へ送り出してくれるのだから、本物の魔法使いかもね」

「真面目に考えているのだから、冗談はやめてくれよ……」

「ところで村上さん、今の体調はどうなんですか」

「それがすこぶる元気なんだよ。明日か明後日で終わりにするのは、もったいないくらいだ」

見栄を張って主張する村上の心に隙間が見えた気がした。

「いっそ、天国への旅立ちは中止して、菊池幸子さんに惚れるぐらいだから、これから先も生きる道を考えてはどうですか」

「えっ？」

村上がきょとんとして怪訝《けげん》そうに神川を見た。

「今さら肝臓がんに引き返せる道なんかあるはずがない」

「いや……」

村上を見つめ返しながら、神川は言い淀んだ。神川にはふっと思い出されたことがあった。しかし、医師という立場であれば絶対に口にしないし、してはならないことだ。だが、戸惑う村上を前に、今なら話してもいいかもしれないという気持ちになった。


「勇気が残っているのなら、賭けてみてもいいかもしれない」

「今さら何に賭けるの」

村上は不審げに神川の顔を覗き込んだ。

「僕は医者だから、本当はこんなことは言っちゃいけないんだが……」

そこまで言ってから神川は再び逡巡した。

村上は煮え切らない様子の神川に気分を害したようだった。

「何ですか、何が言いたいんです。そこまで言ったら最後まで話してよ」

ためらう神川に村上が迫った。

「すでに脳に転移している自分の場合と違って、村上さんには最後の手段がないわけじゃないんだ」

村上の顔が、一瞬にして真剣になって、身を乗り出した。

「そんな奇跡のような方法があるのなら、どうして今まで教えてくれなかったんです。早く教えてよ」

神川はふうっと息をひとつ大きく吐き出してから話し始めた。

「村上さんの場合、死ぬ覚悟があるのなら、生きる選択肢がないわけじゃない」

「先生、何を言ってるの。今さら、何が言いたいんですか。生きる選択肢なんて、わけがわからないよ」

「最後の手段として生体肝移植をするって方法もなくはないんだ」

「そんな……。何を今さら。それに俺の肝臓はがん細胞が全体に浸潤している状態なんだよ。そう言ったじゃないか。他人の肝臓と取り換えたりして、手術が成功する可能性があるの」

「可能性がないわけじゃない、程度かな……」

言葉に出してしまってから神川は怯《ひる》んだ。村上の表情がさっと変わっていったからだ。

「嘘でしょ。どうしてそれを早く言ってくれなかったんだ。何で今になってそんなこと言うんだよ。だいたい先生がこのツアーに誘ってくれたんじゃないか。尊厳死を選択する前にその方法を勧めて欲しかったよ」

村上は突然の移植という言葉に動揺していた。

「しかし手術できたとしても成功率はずっと低いんですよ……」

「それでもこのまま座して死を待つよりは希望が持てるのか……」

神川は村上の反応に気圧された。安易に口に出す方法ではなかったのは確かだ。しかし死ぬのがもったいないくらい元気だという村上は、まだ生きながらえる力が残っているのかもしれない。医師としては伝えられないことでも、今なら、彼に生きるエネルギーがあるのなら、その道を後押ししてやるのも間違ってはいないと思えてならなかった。

「それで臓器を提供してくれるドナーはいるの」

「村上さんみたいに肝機能がかなり弱ってきている場合は、脳死からの肝臓移植のチャンスはほとんどないからね」

「どこでそれが可能なの」

「日本ではまず無理だ。世界の裏のシンジケートでの話だし、それに大金がかかることも事実だ」

以前聞いたことのある海外で行われる臓器売買の話の断片を、たぐり寄せるように神川は話した。

「なるほど……だから言えなかったわけだ。それで費用はいくらぐらい」

「聞いた話では、一千万円かそれ以上かもしれない」

自分にはない選択肢である。

「そんなにかかるのか……。俺の生きる値段は」

「肝臓の場合、左葉だけの部分移植ですむならいいが、村上さんの場合、全体的に肝硬変が進んできているので肝臓そのものをそっくり入れ替えて移植する必要がある」

「それならもっと、肝臓の提供者を見つけるのは難しいだろうな……」

こんな闇の臓器移植を勧めるなんて、もう自分には胸を張って医者だという資格はない。自分もどうせあと数日で死ぬのだ。構いはしないはずなのに、なぜか気になった。心の中で後ろめたさと寂しさが暗い綾をなすように神川を苦しめた。

「これも話半分で聞いて欲しいのだが……」

言葉を続けようとした時、あまりにも真剣な眼差しを向けてくる村上に神川はたじろいだ。

「今や、世界のどこかでテロや暴動が起こっているだろう。暴動に加担した反政府分子は早期に処刑が執行される。その時に臓器が提供されるらしい。臓器移植に同意すれば、遺族に何がしかの見舞金が支払われる。だから、家族は泣く泣く同意する」

「そんな無茶な、それで人の臓器が無理やり提供されるのか……」

「しかし、大金をかけてそこまでたどり着くには危険すぎる。だから可能か不可能かと言われれば、可能と言うぐらいのことだけどね……」

「先生ならその紹介ルートは知っているの？」

「…………」

神川は言葉を詰まらせた。急に寡黙になった神川と呼吸を合わせるように、村上もしばらく無言のまま視線を宙にさまよわせた。

少し時間が経ってから神川は口を開いた。

「細い、細い糸をたどっていけば、辿りつけるかもしれないぐらいの頼りないものですがね……」

村上の真剣な表情は変わらなかった。思い詰めたように言葉を絞り出す。

「今まで付き合った女はいたが、結局結婚には至らないままこの年まで独身を通してきた。子供もいない。だから何の未練もないと思ってやってきたんだよ。だけど、こうして考えてみたらやっぱり今も心のどこかに、まだ生きたいって気持ちがちゃんとあるんだよ。水をぶっかけてきれいさっぱり消してきたつもりだったのに、命ってのは熾《おき》のようにしつこくくすぶり続けるもんだ」

観念したからこそ、このツアーへの参加を決めたのだ。村上は込み上げてくる憤りを押し殺した。

「先生、悪い冗談だよ」

村上がいつになく暗い顔をして神川を睨み上げた。

「村上さんには僕より長く生きる可能性があるからね、つい……」

「だめだよ、先生は村上宏の尊厳死を見届けてから死んでよ。主治医だし、誘ったのも先生なんだからそれぐらいの義務はあるよね……」

「そうだね」

神川は深々と頭を下げた。村上はそれ以上何も言おうとも、聞こうともしなかった。憮然として押し黙ったまま時が流れた。唇を噛んで小さな船窓から見える海の、そのまた向こうの遠いところを見つめる村上にかける言葉も見つからず、申し訳なさだけが去来した。そして、村上にこんな話をしてしまったことで学生時代以来積み上げてきた経験も職業倫理も立場も地位もすべて、自分の中から抜け落ちてしまったように思われた。

「もういいよ、先生……」

村上がふと漏らした。

「もういいんだ。そんな違法なことに金を積んでまで、生きなくてもいいよ」

村上の言葉に神川は何度もうんうんと小さく頷いた。

「村上さん、船を少し探検して、一杯飲みに行きませんか」

神川の誘いに村上も応えて目を細めた。

「ああ……。さっき船内を少し歩いてみて驚いたよ。とても賑やかと言うか、華やか過ぎて、まるでここはパラダイスじゃないかと思うぐらいだ」

何かを吹っ切ったような、どこか諦めた言い方だった。大きく息を吸い込む村上につられて神川もほっと息をついた。

「カードは自分で引き当てるのだから運だろう。それで迷うのは覚悟ができていない証拠です。怖くなってやめるのも、それが思い止まらせるツアー主催者の手なのかもね」

肝移植の話はやっと落ち着いたようだった。

機嫌が戻った村上とそれからひとしきり他愛のない雑談をしたあと、どちらからともなく、「行きましょう」と声をかけて船室を出た。


村上と同じように、神川もフランス料理が胃にもたれて食欲はなかったが、喉は渇いていた。自然と中央に位置するビヤホールに足が向いた。メニューを見ると、キリンビールがある。日本のビールを飲むのはこれが最後かもしれない、などと考えながら生ビールをオーダーした。

つまみには生チョコと野菜ステックを注文する。ビールには不釣り合いな組み合わせである。

村上が思い出したように、質問した。

「ほら、よくテレビの番組でも質問しているけど、人生の最後に食べるとしたら先生は何を食べたい？」

「人生最後の晩餐か……村上さんは？」

「俺はやっぱり寿司かな。とろ～っと溶けちゃうような大トロを二カンね、つっつッと食べたい」

「いいね。僕はざるそばと決めていたのだけれどね……」

「えっ、何故ざるそばなの？」

村上が興味深そうに、神川に尋ねた。

「赤穂浪士の討ち入りの直前に、そばを食べて出陣するシーンが映画であったでしょう」

「ああ、あった、あった」

村上はすぐに納得した。

「あれは、討ち入りで、刀で腹を切り裂かれたり、もしもの切腹の時、腸の内容物が飛び出して、ぶざまでないように配慮したかららしい。まあ今回は討ち入りではないから、腹の中の内容物が出ることなどないはずだけどね」

「ところで俺たちは、その時には、吐いたり、漏らしたりしないよね」

急に真顔になった村上が不安そうに尋ねた。

「点滴で麻酔するだろうからね。意識がなく眠っているうちに、心臓が止まるのだから、まさしく安楽死そのものだと思うよ」

「そうか……」

口に運ぶジョッキのスピードが急に鈍った。

ビヤホールの中で人を探している二人づれの姿が目に映った。添乗員の山本と菊池だった。その様子からするとまた何かのトラブルが発生したのだろうか。

的中だった。二人は神川たちの姿を見つけると小走りに駆け寄ってきた。

「おくつろぎのところすみません。神川先生。ちょっと相談に乗っていただきたいのですが……」

山本の気まずそうな表情から、村上は気をきかせて立ち上がった。

「俺は先に部屋に戻るよ。ちょっとカジノにでも寄ってから……」

目配せをして背を向けた村上の素振りから、やはり村上も安楽死を迷っているのだと神川は思った。


ツアー参加者の中に一組の老夫婦がいた。谷口耕作、冬子夫妻である。高級老人ホームでの生活には問題はなかったが、どちらが先に逝っても残った方は介護医療をひとりで受け続けなければならない。ツアーの参加を言い出したのは冬子だった。

「実は、谷口ご夫妻のことなのですが……」

村上が立ち去るのを見計らって、山本が切り出した。話の場所を移す余裕もないほど、火急の用事であるらしい。

「個人情報で秘密にしていただきたいのですが、明日未明のお二人の決行の瞬間には、ぜひ先生に立ち会って欲しいとの申し出なのです」

「カードで順番がきたのですか?」

「ええ、実はそうなんです」

山本は言いにくそうに答えた。明日未明ということは、どうやら村上がパスしたことによって谷口夫妻の決行が決まったらしい。しかしそれ以外の問題が生じたようである。

「はあ……でも、急にそんなことを言われても困ります」

第一、もう僕はここでは医者じゃない。そう言おうとした神川に先んじて、山本が言葉を発した。

「ですが、どうしても先生とお話ししたいとおっしゃっておられまして」

「なぜ、それが僕なのですか」

「実は先ほど、尊厳死を執行する医師からお二人に、就寝中に行われる安楽死についての説明があったのですが、それを聞いて、異教徒の女医に看取られたくないと、奥様が少し思いつめていらっしゃるもので……」

「これは国際航路の船舶の中だから、死亡診断書も彼女が書くのでしょう」

「そうですが……」

山本の答えは歯切れが悪かった。仮に手段が違法であっても、安楽死が病死と診断されれば、この船舶の国際医療規則に基づいて病死としての死亡診断書が得られる。時として行政解剖の対象となる不審死や事故死の扱いにはならない。手続き的には問題はないはずだ。だが、自分に会いたいという谷口夫妻の心情を慮ると、気持ちはわからないわけではない。

それでも神川は断ることにした。

「僕はたしかに医師ではありましたが、今はこのツアーの参加者の一人なのですよ。こんなことをしていたら、僕自身の尊厳死の決心が鈍るじゃないですか、僕の気持ちも考えてください」

「先生、そこをどうかお願いします」

今度は幸子が深々と頭を下げた。固辞して強硬に立ち去ることもできたが、それも大人げないような気がして思いとどまった。これまで患者や患者の家族たちから、数えきれないほど、何とかよろしくお願いしますと、頼まれてきたことを思い出す。そのほとんどが、今の幸子と同じように深々と頭を下げて頼まれたものだ。

その中で本当に救えたと思えたことなど、なかったと言っていい。命を救うという重い課題を突き付けられながら、常に頭の片隅にこびりついていたのは「救う」ということの一体何なのかという思いだった。治療して見込みのある場合はいい。ない場合、治療行為とは神川にとって自分との闘いでもあった。

それが医者という職業の宿命なのだろうか。自らの死を断行するためにやってきたはずなのに、これではまるで随行の安楽死カウンセラーだと神川は思った。苦笑いしながら結局は押し切られた。

「じゃあ、とにかく会うだけですよ」

渋々腰を上げる神川に山本がすかさず、「ありがとうございます」と言ってお辞儀をしてから、幸子に指示を下す。

「ここは私が……。菊池君、谷口さまのお部屋にすぐにご案内して」

会計伝票をさっと取り上げ、山本は幸子に一刻も早い神川の誘導を促す。二人は急ぎ足で店を出た。


谷口夫妻の一等A船室の部屋ナンバーを確かめると、幸子が慎重にノックした。チェーンが外され、谷口耕作が顔を覗かせた。妻の冬子は神川の姿を見て安心したのか、口元をほころばせ、「すみません、わざわざおいでいただいて」と言って丁寧に頭を下げた。それから神川をリビングのソファーに案内した。幸子は遠慮したのか、そのまま中に入ってくることもなく去っていった。二人の表情を窺うと、山本が言っていたような、思いつめた様子は見て取れない。船室は神川の客室より豪華で立派だった。

最初に話し出したのは谷口耕作だった。谷口は白髪頭で端正な顔立ちをして言葉使いも丁寧だった。

「先生、私たちはもう何も思い残すことはないのです」

そう言いながらも言葉の潔さとは逆に、その心の奥には言いようのないやりきれなさが横たわっているように感じられた。

「言葉も文化も宗教も違う、見も知らない外国の先生に看取られて安楽死することにはやはり抵抗があるのです」

耕作は淡々とした口調で続けた。

「恥ずかしながら、ここに来るまではそこまで深く考えなかったんです。ですが、オランダの女医さんを目の前にしてみると、急に何だかひどく違和感を感じてしまって……。宗教の違いなど気にもしなかったのに、いざあの人に会ったら、どうしても納得がいかなくなってしまいました。そしたら嫌だという思いが抑えきれなくなって、納得いかないまま、仏教徒以外の人に看取られたら私たちにとっては尊厳死にはなりません」

横から冬子が話し始めた。

「失礼ですが、それは例えばその女医さんがオランダ人であっても仏教徒ならよいということですか」

冬子がちょっと考え込むようにしてから答えた。

「それは……。まあ、それもありますが、何かまるでビタミン剤の点滴をするような感覚で感情がまったくないのです」

「医師は宗教家ではありませんから、祈ったりはしないでしょう。オランダ人であろうと何教徒であろうと、淡々と安楽死を実行することが仕事です。尊厳死のあり方に疑問を持っていたのでは、この行為はできないんですよ」

説明しながら神川は自分の立場の曖昧さがひどく滑稽に思えた。

「ですが、こんな気持ちのままで逝くなんてできない……」

「お気持ちはわかりますが……」

冬子はそんな神川に対して哀願するような視線を送ってきた。

「すみません、先生。先生がお医者さまだということをお伺いして、もうそれしかないと思ったのです。勝手な申し出だということは重々承知しております。ですが、先生、私は主人と同時に死ぬつもりでやってまいりました。二人が同時に天国に行くのを同胞である先生に、ぜひとも確認していただきたいのです」

冬子のストレートなもの言いに一瞬気圧《けお》されたが、やはりそれは筋違いであることに変わりはない。神川はひとしきり冬子の言葉を反芻した上で、言葉を返した。

「航海中に起きたことはすべて船を所有する国の法律に従うことになりますから、検視は僕にもできませんし、だいいち僕も遅かれ早かれあの世に旅立つのですよ。奥さんがお望みのようなことは僕にはできないし、そんな資格もありません」

「わかっております。ですが、そこを何とかお願いしたいのです。せめて安らかな気持ちで最期を遂げたい……。そばにいてくださるだけでいいのです」

言葉の途切れた冬子の目にうっすらと涙がにじんでいた。耕作もまたじっと何かをこらえるように、唇をぐっと引きむすんでいる。仲の良い夫婦ではあるが、神川は二人の中に微妙な温度差があるような気がした。

その時ドアーをノックする音がして、山本と菊池が谷口の部屋に入ってきた。気まずい雰囲気を察したのか口をはさむことはしなかった。

冬子が再び話し始めた。

「私たちはもう限界なんです。尊厳死を選択したのは、どちらか一人が残されることを恐れたからです。お迎えはまったく怖くありませんが、認知症になって介護の世話になるくらいなら、美しい安楽死をしたいと思ってここに来たのです、しかし最後になって納得のできない死に方は絶対にいやだわ」

「どんな死に方ならよいのですか。どうすればその美しい死に方になるのでしょう。ショパンのピアノ協奏曲でも聞きながらですか……」

神川は皮肉を込めて尋ねた。

「……すべてに満足してこそ、安心してあの世に旅立てるのです」

強い口調ではあったが、その声はかすかに震えている。谷口夫人の抵抗感はかなり強いらしい。

耕作がトイレに向かったのを見た冬子が眉をひそめ、声を小さくして訴えた。

「実は……。主人はああ見えても物忘れが激しくて、認知症の症状がかなり進んでいると施設から言われているのです。だから主人の安楽死を確認してから、私も安心して逝きたいのです」

谷口夫妻の不安の大本がぼんやりと見えてきたようだった。迫りくる認知症の影に必要以上におびえているのではないかと神川には思えた。

耕作が手洗いから戻ってきた。

「旅立つとおっしゃるけれど、お二人とも、今、差し迫った何かご病気でもおありですか」

神川は質問を変えてみた。答えたのは耕作だった。

「私は高血圧と糖尿病ですし、妻は腎臓を患っています。いずれは脳梗塞を患って身体が不自由になるのは見えています。寝たきりの介護の状態になっていく……。これから先が心配なのです」

「でも病気によって死が差し迫っているわけじゃないんですね」

神川は念を押した。

「とにかく妻が、いずれ死ぬのならいっしょがいいって言うから……」

夫の言葉に冬子がさっと反応し、耕作に責めるような視線を送った。反論する声も一段大きくなった。

「それは違うでしょう。互いに介護が必要になって、痴呆症を引きずってまでも生きても意味がないからって、あなたが言うから決めたのでしょう。私が言い出したわけじゃないわ」

「まあまあ、お二人ともいいじゃないですか、お迎えがすぐにでも来ると思っていらっしゃるようですが、今の様子なら、五年後か十年後か、あるいはもっと先になるかもしれませんよ」

「だからそんなに永くいらないのです」

勢いを増した冬子の語気がさらに強くなった。

「高級老人ホームでの生活は、安定していても将来の夢なんか全然ないんです。周りの入所者の方は次々と生きる意欲を失い、痴呆老人になっていく。認知症を患って、頭がボケていく姿は本当に悲惨です。ところかまわず排泄するし、よだれを垂らして歩き回る。年を取るということはヒトとしての尊厳を失うことです。毎日毎日そういう姿をいやというほど見ていると、生きていくということが嫌になるどころか、怖くて、怖くて仕方がないんです。いずれ近いうちに私たちもそうなるのに決まっている。そうなってしまったらもう生きている価値なんかないですよ」

冬子が認知症の疑いが出てきた夫、耕作の方を見やった。

「だから尊厳死を選択して、船旅に出られた」

「ええ」頷いた時、冬子の表情は興奮状態が少し収まったように見えた。

カウンターのところで幸子が、紅茶のポットに煎茶を淹れている。紅茶カップに注がれた美しい緑色の液体が懐かしいような気持ちを呼びおこした。

幸子がその煎茶を黙ってテーブルの上に配ると、張りつめていた緊張感が少し和んだ。カチャカチャとカップとソーサーのあたる音がして、まず耕作が「ありがとう」と言ってから一口啜った。冬子はそれをじっと見つめている。神川も幸子に「いただきます」と会釈して味わった。

「しばらく飲まなかったが、日本の煎茶がこんなに旨いなんてねえ。我々には日本茶が一番合っているな……」

谷口耕作の口からため息が漏れた。久しぶりだったせいもあるのだろうか、確かに旨い。

「カテキンの効果ですかね……」

神川が話題の矛先を変えようとした。この問題は解決できると神川は思った。

「天国への旅立ちのつもりで参加したのだけど、船旅がこんなに楽しいなんて、ただの海外旅行ならよかったのにね」

谷口耕作から出た言葉にすぐさま冬子が反応した。

「ええ、本当に……。もう少し楽しめたらいいのに」

冬子の口元が少し緩んだ。神川はこのチャンスを逃さなかった。

「あえてこれは医者の意見として聞いてください。お二人とも認知症になることしか考えていらっしゃらないけれど、年を取って多少の記憶の鈍磨は誰にでもあります。しかし認知症にならない方もたくさんいますし、認知症を防ぐ方法だってあるんですよ」

「本当ですか。そんな方法があるんでしょうか」

冬子の目が輝いた。

「脳を鍛えるのです。体のストレッチと同じように、毎日、毎日間脳の海馬を刺激するのです。安心と安定がかえって脳の機能をダメにしてしまう。のほほんとしていたら衰えていくばかりですから、多少の努力は必要ですがね」

「具体的には何をすればいいのですか」

「山に登るとか、海に潜るとか、全身の身体を使って脳に刺激を送るのです。ときには命がけの冒険もするのです。田畑で野菜や花を育ててもいいでしょう。そこにはテレビも電話もなくていい。ガスも電気もなくてもいいかもしれない……。自給自足、自然の中に身を置くことです。そして脳を働かせる。生きるための知恵を働かせる。それで脳を鍛える。そうすることによって認知症はかなり防げるんです」

「私たちにできるかしら……」

「何も高級老人ホームで悠々自適に楽をして人生を終えることがベストの選択ではないですよ。もし贅沢をしたくなったら、たとえば終の棲家が豪華客船で世界遺産を回るというのも、夢があっていいじゃないですか」

「病気になったら……」

「その時は、その時にどうするかを考えてはいかがでしょう。今日を思いっきり楽しめばいいじゃないですか。刺激があって明日もワクワクしながら冒険するとボケませんよ」

「たしかに……」

懐疑的な表情を浮かべる冬子に対し、頷いている谷口耕作の方が、気持ちが揺らぐのが早かった。

この老夫婦には、金銭的にも恵まれ明日も明後日もあるのだ。生きようとすれば、まだまだ人生を続けられる。神川はその事実に強烈な嫉妬を覚え、次に愕然とした。自分は見えない未来の時間と世界を、この二人は見ることができるのだ。その思いが神川の心をちくちくと痛ませた。

新たな刺激こそが、脳機能を再びよみがえらせる原動力となることを、内科医である神川はよく知っていた。老いによる経年劣化を恐れるあまり、認知症という言葉が一人歩きして大きな恐怖となって襲いかかるのだ。人間の脳はそれをはねのけるだけのポテンシャルを充分に備えている。

「とにかく安楽死の予定は、延期されてはいかがですか」

神川は冬子に向かってストレートに切り込んでみた。

「でも決めたことですから……。カードもスペードの四だったのはお告げだと思って」

かたくなな谷口冬子の決意に、耕作が困った表情をする。スペードの四という数字にも「死」を連想して抵抗があるらしい。

「では、この安楽死の結論を出すのは一時ストップして先送りする。またその時が来た段階で決めればいいんですよ。僕はここに死ぬために来たんです。そういう人間がやはり検視をするわけにはいかない。とにかく迷った時は立ち止まる。いやだと思ったら引き返す。まず今回はパスされてはどうでしょう。そのためのカードなのですから」

「でもまた明日カードを引かなければならない。そうしたらまた悩むわ……」

「お二人はまだこれからも生きている時間を楽しめるんですよ。僕は、山本さんに言ってこれからのカードはいらないと、はっきり伝えることをお勧めします」

神川の提案に谷口夫妻は顔を見合わせ黙ってしまった。

入口側の壁際に立つ山本は、神川の言葉が聞こえたのか、聞こえなかったのか、表情を変えず床に視線を落としたまま口を噤《つぐ》んでいる。

明日から二人にはカードは必要なくなるかもしれない。二人の顔には安堵の表情が読み取れた。

しばらく沈黙の時が流れた。神川もわざと黙っていた。波しぶきの音以外にも、はっきりしない船内のざわめきが静かに響いている。冬子がホッとため息をついて視線を上げた。

「そんなこと、今になってできるのですか」

　山本に向けられた冬子の質問に山本がすぐさま答えた。

「事前にもご説明させていただいたとおり、これはあくまでも参加者の方の意向ですし、私たちも無理に安楽死を勧めているわけではありません。いつでも中止は可能ですよ。ただしキャンセルされても、返金はありませんが……」

　雰囲気を和ませるつもりで言った山本の言葉に、笑うどころか誰も硬い表情を崩さず反応しなかった。

　神川は立ち上がった。これ以上の長居は必要ない。

「そうと決まれば、お二人でピアノジャズのコンサートにでも行かれてはいかがですか。遅い時間までやっています。カジノもありますから……。運試しも楽しいですよ」

「よろしかったら私が案内いたします」

　幸子が笑顔で対応した。ふうっと大きく息をついたのは冬子だった。

「着替えますので少し時間をください」と言った冬子の言葉に、ほっとして頷く耕作がいた。

神川は谷口の船室を後にした。二人は自らの手に握る生死の舵を百八十度切り替えることになるだろう。外階段からデッキに出る。漆黒の闇の中にいるかのように周りの空に星はまったく見えない。波を切り裂く轟音が大きくなると同時に、生暖かい風と波のうねりが体を揺さぶる。

明日のカードはスペードのエースかもしれない。その時、自分はどうするのだろう。

デッキを歩く神川の頬に、突然、大きな雨粒が降りかかった。雨足が強くなりこれから海は時化《しけ》てきそうだ。

カードが望むなら、当初の目的通り自分も逝くことにしよう。神川は漆黒の海に向かって叫んだ。

第五章
予期せぬ出来事

　翌朝にかけて、海上の天候は、前日に神川が予想したように悪化していった。巨大な豪華客船であっても、天候には勝てない。

　村上はカジノを早々に切り上げ、船室に戻って吐いていたようだ。電話で誘ったが、朝食は食べられそうにないというので、神川は一人で食べることにしてレストランに向かった。

　朝食のレストランで見かけたのは、車椅子の桃崎秀明と小百合だけだった。

「おはようございます」

小百合の明るくなった表情から察するに、桃崎は安楽死を思い止まる決心をしたのに違いない。すべてを打ち明けることで、思いとどまらせる何かが生じたのだろう。それも正しい決断だと神川は思った。

「桃崎さんは、昨夜からの時化は大丈夫でしたか」

「わしはこう見えても、元海軍士官学校の候補生だったから、船酔いなんかせんよ」

船はまだゆっくりと揺れていた。

十代とおぼしきアジア系の給仕が注文をとりに回ってきた。

桃崎は笑顔さえ見せ、余裕の素振りである。

老人は旅慣れた様子でミルク紅茶に、クロワッサン、オムレツにベーコンを注文している。小百合はプレーンのオムレツにたっぷりミルクを入れたカフェオレをオーダーした。

二人で朝食を食べている光景を見ていると、数日前の切羽詰まったやり取りが嘘のように思えた。

すでに解決していることを蒸し返す必要はない。海の時化とは対照的に、二人を包む空気は穏やかだった。

柔らかなえんじ色のカーディガンが、今日は眼鏡をかけて、きりっとした小百合の顔立ちを引き立てて美しい。その美しさが神川の気持ちを和《なご》ませた。

隣のテーブルに座って差しさわりのない会話を交わしながら、神川もまたアメリカンブレックファストの朝食をゆっくりと味わってみる。口に入れたトーストの咀嚼もスムースだ。

レストランの入り口が騒がしい。誰かが人を探しているようすだ。ざわめきの中から、慌てた様子の添乗員の山本が姿を現した。

青ざめた顔で山本が駆け寄ってきた。今度は何事なのだろう。

「神川先生！　ちょっといいですか」

「また何か、事件ですか」

近くに座っている桃崎たちに気を使う余裕さえなく山本は焦っていた。

「寺川さんの姿がどこにも見当たらないのです」

「行方不明ということですか」

「そうです。船内の捜索をしましたが、この客船の中にはいないようなのです。係官にも捜索を依頼しましたが、彼の船室には荷物もそのままで……」

「あのカメラマンという方ですよね」

桃崎老人と小百合は怪訝《けげん》そうな表情で山本とのやりとりを聞いていた。

「そうです。大時化なのに、荒れた海を撮影すると言って、船員の注意を振り切って甲板に上がったのは見られているのですが……。デッキから海に落ちた可能性もあるそうなんです」

「それは確かですか」

神川は飲みかけのコーヒーカップを置いた。

「先ほど係官と同行して寺川さんの船室の捜索にも立ち会いましたが……」

そこで山本は言葉を途切らせた。ここでは話せない事情があるのだろうか。神川は朝食を中断して立ち上がった。

そこへ菊池幸子が山本を迎えにきた。菊池のけわしい顔つきから事態の重大さが見て取れた。走ってきたのだろう。息が上がって胸が大きく上下していた。

とりあえず桃崎たちに会釈して別れると、添乗員である山本の船室に移動することにした。

手すりを伝って足早にデッキを通り抜ける。船の揺れは続いていたが、雨はやんだようだ。

「何があったのですか」

神川は歩きながら再び山本に尋ねた。山本は言いにくそうに眉をひそめ、声を低めた。

「実は寺川さんの船室から、薬物が見つかったのです。係官の話では覚せい剤だろうと話していました」

「覚せい剤……まさかそんな……」

神川は一瞬言葉を失った。

「それで寺川さんはたんなる事故なのか、薬物による影響なのか、それとも故意による自殺なのか、今のところわからないのですね」

神川は念を押す。

「いくら航海上の問題でも、国際条約で禁止されているような違法薬物が絡むと厄介な問題になりますから、我々のツアー客にも事情聴取があるかもしれません……」

「そう言われたのですか？」

小さく頷く山本は困り切った表情を浮かべた。

側にいる菊池の方が落ち着いている。歩きながらも山本に話しかける。

「山本主任、グループの旅行の目的と、寺川さんの失踪事件はまったく別問題ですから、他の旅行者に迷惑がかかることはないと思いますが……」

菊池の言葉に山本が怒ったように語気を強めた。

「菊池君がそう言っても、グループの中に仲間がいると思われる可能性もあるだろう」

山本は寺川が薬物中毒者であることは知らなかったようだ。覚せい剤といっても、どこから持ち込んだのか。仮に日本からの持ち出しが可能だったとしても香港の通関はどうやってパスしたのだろう。隠し撮りをした時は、もしかしたら薬物を服用して興奮状態だったのかもしれない。それとも香港の闇マーケットで入手したのだろうか。

「とにかく起きてしまったことを、勝手にあれこれ考えても仕方がない。係官の捜査には全面協力しますよ」

がっくりと肩を落とす山本に、神川が淡々と答えた。

「事故か自殺かは別として、姿が見えないことは確かなのですね」

「そのとおりです……」

事態を収拾するのに、山本はまだ動揺しているようだった。他のツアー客への影響が気がかりなのだろう。山本は自分の船室に到着すると、カギをガチャガチャと回し、扉が開くと皆を部屋の中に案内した。


神川は部屋に入ると山本に言った。

「それとこれは念のためですが、もし事情聴取があったとしても、このツアーの目的は絶対に口外しないようにと、全員に伝えておいた方がいいかもしれませんね。もしも知れたら、それはそれで厄介なことになる」

神川のアドバイスに山本は「わかりました」と言ってこっくりとうなずいた。

「それにしても、寺川さんが尊厳死を選択しないで、あの荒れた大時化の中で自殺するなんてありえない。事故に違いありませんよね」

山本が自分に問いかけるように話す。神川は、あの最初の福臨門ユーチー海鮮酒家で写真を撮ろうとした寺川の顔を思い出していた。

「山本さん。寺川さんは、ほんとうに尊厳死を希望して、このツアーに参加した方なのですか」

神川は山本に尋ねた。

「そうです。寺川さんにも尊厳死を希望する事情があったことは事実です」

「そのわりにはスナップ写真なんか撮ったりして……。村上さんが怒ったように、旅行の趣旨を考えるとあの行為はどうかと思いましたけどね」

神川は彼の荷物の中に自分を含めたツアーの隠し撮りの写真が含まれてはいないかと心配になった。

「有名な写真家だし。自殺はないと思うんですが……」

「それはわかりませんよ、覚せい剤中毒者ということであれば、私たちが決めつけて判断することはできません。もし、海に落ちたのが事実だとすると、真相は不明のままかもしれない」

「薬で錯乱して、飛び込んだのでしょうか」

「それもありえます……。これから山本さんはどうされるのですか」

「わかりませんが、これから本格的な捜索が始まります。航海は続いていますが、私たちはこの船を管理する当局からの指示通りに従うだけです。彼の荷物はいっさい触れることもできませんから」

「オランダ国籍の船であることを考えると、その国の海上の法律に照らし合わせて、処理するしかないでしょうね。それにしても覚せい剤なんて、香港で手に入れた自分用なのか、もし密輸目的で大量発見されるとそれは大変です」

「密輸はないと言っても、可能性はゼロじゃない」

「寺川さんとは以前から面識があったのですか」

「いいえ、今回の旅行が初めてです」

山本は強く否定した。

「寺川さんの安楽死の動機は何だったのでしょう」

神川が追及した。

「やはり『がん』です。寺川さんからは多発性骨髄腫の診断書の提出がありました」

末期がんにしては福臨門の海鮮酒家での行動的だった仕草を思い出していた。長髪を後ろで束ね日焼けした風貌は、生きるオーラが消えかかっているがん患者には見えなかった。窓辺でタバコを吹かす後ろ姿が思い出された。

神川は山本に尋ねた。

「寺川さんは、昨日の時点でカードは引かれたのですか？」

「それが、決行日は自分が決めると言って断られました」

「そうですか……。今回の事故とは直接関係がないようでもありますが、薬物依存は不可解な行動が多いですから」

神川は腕組みをしたまま、寺川がなぜこのツアーに参加したのか、ふつふつと疑念が湧いてくる。寺川の診断書にも疑問が残った。

「昨夜は寺川さん以外には何事もなかったのですか」

うんうんと小さく頷きながら、山本が言いにくそうに話し始めた。

「実は昨夜、寺川さんが失踪したほかに、予定通り尊厳死を決行された方が二名いらっしゃるのです」

「えっ、初日から……。あんなに大時化で船が揺れていたのに……」

神川は言葉を失った。

「そうなのです」

「オランダのお医者さんでも、特に抵抗や問題はなかったのですか」

神川は女医には会っていなかったが、魔女のようなイメージの女医の姿が頭に刷り込まれていた。村上のせいだ。

「そうです。あくまでも決心が固く、実行を強く望まれましたので」

「もしよければ、それが誰なのか教えていただけませんか」

神川は思わず問いかけた。山本は言葉を濁しかけたが、思い直したのか神川の質問に正直に答えた。

「おひとりは木島憲和さんです……」

「あの、小森会長にご馳走になった上海料理の店『夜上海』イエションホイにいらした方ですよね、たしか……。小森会長が水葬の話をした時に、魚につつかれるのが嫌だとか言っていた……」

「よく覚えてらっしゃいますね」

「そう、あの方ですか……」

あの夜、木島は、人の気分などおかまいなしに気味の悪い話をくり返した。木島と聞いて、神川の脳裏に真っ先に思い浮かんだのは、つやつやと照り焼かれた鶏の姿であった。神川は思わず吐きそうになった。

「個人情報ですが、木島さんは最近、交通事故で奥様を亡くされ、それからはうつ状態になり、もう生きていく気力がなくなってしまったそうです。お子さんもなく遺影を胸に抱いたまま、好きな音楽に耳を傾けながら安楽死にて逝かれました。その事後処理もいろいろあって……。とにかくそんなわけですから、少しご迷惑をおかけするかもしれないと思ってお知らせした次第です」

「木島さんの眼が気になったのですが、死を覚悟していると言うより、なんだか死に憧れているようにも見えました」

「お察しのとおり木島さんの場合は特殊なケースでしたから……」

山本の何気ない言葉に神川が反応した。

「それって、完全に自殺幇助にあたりませんか」

「確かに木島さんは過去に二回、自殺未遂を起こされているんです。ですが、それは今回の旅行とは無関係です。病気の診断書も提出されていましたから、書類上は問題ないと思います」

「まあ確かに旅行会社が直接手を下すわけじゃありませんからね……」

皮肉を込めた神川の言い方にも山本は反論することはなかった。

「それにしても、二人も同じ日にね……もうお一人は……」

言いかけた時、突然、客室の電話が鳴り、山本が受話器を取った。

「また警備室に呼ばれましたので、すぐに行ってきます。インスタントコーヒーでも召し上がっていてください」

山本がいくつかの書類をかき集め、小脇にかかえ部屋を飛び出した。

菊池幸子と二人きりになった。幸子が神川に話しかけてきた。

「いろいろとすみません。なんだか次々に面倒なことが起こってしまって……。先生、お抹茶は召し上がりますか」

「ええ、いただきますが……」

幸子はいったん外に出ると隣の自分の船室から小型のバッグを持ち込んできた。電気ポットでお湯を沸かす準備をする。そしてバッグの中から、袱紗《ふくさ》に包まれた茶筅《ちゃせん》と茶杓《ちゃしゃく》、抹茶の入った棗《なつめ》と陶器の茶碗を取り出した。

「えっ、ここでお茶を立ててくれるの」

驚く神川を制するように幸子は椅子に腰かけ、小さなテーブルに置かれた茶碗に抹茶を入れ、お湯を注ぐ。茶筅を小刻みに動かし茶を点てた。懐紙の上には日本から持ち込んだと思われる落雁が乗せられている。

茶を点てる幸子の姿を見つめながら、神川の心は、あの宴席にいた二人が、すでにこの世にいないという厳然たる事実とその強い意志に圧倒されていた。何かひどく恐ろしかった。

「お茶は習われていたのですか」

神川の口から聞くつもりのなかった問いが出た。幸子は、一瞬はにかむような笑みを浮かべたが、すぐに硬い表情に戻った。

「高校時代は茶道部に所属していました」

「いろんな事件が起こっても、一服の抹茶で本当に心が癒されるものですね」

神川の言葉に幸子は黙って頭を下げた。幸子もまた平静を装ってはいるが、何かを必死で忘れようとしているように思えた。

「何か心配事でもあるのですか」

「いいえ。何もありません……」

幸子は唇をぐっと閉じて急に寡黙になった。

「あれはもう十年以上も前のことだが……。やはり奥さんががんで先立ってからすっかり元気をなくして、軽井沢の別荘で餓死によって死を選んだ先輩の医師がいましたよ」

悲しそうな目で幸子が神川を見た。

「同じ医者であっても、僕は患者の死を見守ることはできても、自分が死を受け入れることは簡単にはできない。恐怖で後ずさりする」

「餓死って辛くないのですか」

「そりゃ、苦しいでしょう。人の生理現象でもある飲み食いを絶つのは容易じゃない。飢餓に耐えるのも、地獄門を潜り抜ける試練のひとつですからね」

「地獄門ですか……」

返しの茶碗をお湯で洗い流すと、幸子は自分のためにもう一服茶を立てた。ゆっくりとした時間が二人の中で流れた。

「死の向こう側、三途の川の対岸は、美しいお花畑が広がっているというけどね。本当のことはわかりません。砂漠でサボテンも生えてないかも……」

「先生は、天国を信じていらっしゃるのですか」

「信じる、信じないより、魂がこの世にとどまり未練を持ったまま彷徨《さまよ》い続けるなら、いっそ天国へ行けると信じて逝った方がいい」

「木島さんは、奥さんのいる天国へ行かれたのでしょうね」

「だろうね……」

そう言えば木島は、どこか遠くを見つめているような眼をしていた。

急に現実に引き戻されたように思案顔をして神川は幸子に聞いた。

「ところで木島さんの遺体はどうするの」

「次の寄港地であるインドネシアのバリ島で火葬して、遺骨で日本に帰る予定です。火葬での埋葬許可証は現地でもらう予定ですが……」

「スケジュール通りなんだな……」

神川は立ち上がって船室の壁にくり抜かれた丸い窓をのぞき込んだ。

「木島さんは今頃天国への階段を上っているのかな……」

船室の丸窓から抜けるような青い空が見えた。いつのまにか時化はおさまったらしく海は凪いでいる。

「神川先生はロマンチストなのですね」

「安楽死を望んでいる者にロマンチストはないでしょう」

「また傷つけることを言ってしまったのなら、すみません……」

「謝ることなんて何もないよ」

「でも……」

幸子はうつむいたまま考え込んでいるようだった。木島の死に顔を思い出したのであろうか。


幸子がひとりごとのように小声で呟いた。

「もうおひと方は、遺体のまま済州島までお連れするのです」

「そんなことまで可能なのですか」

神川は驚いた。

「この船の乗船客はお金持ちの高齢者の方が多いでしょう。不測の事態に備えてこの船内には冷凍設備を備えた霊安室もあるのです」

「死体になっても、至れり尽くせりか……。ところで、どなたなのですか、言えないなら話さなくてもいいですが」

幸子は顔を上げ神川をまっすぐ見据えた。

「私も何度か話をさせていただいたのですが、よくわからないのです」

「何がわからないのですか」

「その、安楽死の理由です」

「決めた人には、それぞれの事情があるものですからね」

「田中一二三先生……。覚えてらっしゃいますか」

神川にももちろん記憶はあった。田中も木島もあの小森会長の晩餐の宴席にいた。手洗いでばったり会って話したことを思いだした。おっとりとした表情で皆の話の聞き役だったような気がする。

「小森会長主催の晩餐でも同席しましたよ。七十代半ばの上品な紳士だったと記憶しています」

幸子がさらに悲しい表情をした。

「三年前までは有名大学の法学部の名誉教授だったそうです。弁護士でもある先生が、なぜそんなに簡単に安楽死を選んだのか私にはわからなくて」

「理由は聞かなかったのですが」

「私が直接聞くわけにもいかないから、山本さんに尋ねてみました」

「それで……」

「山本主任の説明では、先生はアルツハイマー病と診断されて、決心されたようです。でも私にはその理由がどうしても納得いかないんです。他の方となんらお変わりなく見えたのに………」

「ああ、確か僕にもアルツハイマー病は遺伝するのかって尋ねられました。思い出しましたよ」

幸子が目顔でうなずいた。

「僕には田中先生の気持ちがわかるような気がしますよ。アルツハイマー病と診断されたことで尊厳死を選択したとしても、理由としては十分だと思います」

「何故ですか？」

幸子は不思議そうな表情をして神川を見た。

「アルツハイマー病という病気は恐ろしい病気で、人格の崩壊が進むわけですから、時期を遅らせると、安楽死の選択すらできなくなるのです。それに田中先生はアルツハイマー病を患ったお兄さんを看取られたと話されていましたから、なおさらでしょう」

「そんなに思いつめるほど怖い病気なのですか」

「治らない可能性は、がんよりも恐ろしいかもしれません」

「がんよりも怖い病気……」

今度は幸子の方が驚いたようだった。

「自分が自分でなくなるのですからね」

がんと比較させた言葉が神川自身の心に突き刺さった。

「それで、田中先生は安らかに旅立たれたのですか」

聞いてどうするのだろう。神川は、はっとして息を飲み込んだ。

「静かな、眠っているようなお顔でした。整頓され残されたお荷物もいっしょに日本へお送りします」

幸子は祈りを捧げるようにそっと瞑目し、深く息を吸い込んだ。

「きっと安心されたのでしょう」

「安心ですか……。田中先生も辛かったのでしょうね」

「…………」

神川は何も答えなかった。

ドアーをノックして山本が帰ってきた。疲れた表情ではあるが比較的落ち着いた様子だった。しかし、部屋に二歩、三歩と足を踏み入れると、大きく息をついた。

「どうでした？　寺川さんの件は」

幸子が心配そうに山本の顔色をうかがう。山本は幸子にというより神川の方に向かって報告するように答えた。

「何とか薬物は自分用に持っていたと判断してくれたようです。大量の覚せい剤や麻薬などが見つかると、我々も無事にはすまないから……。グループに対する一斉の強制捜査だけは勘弁してもらえました」

「それで荷物からは覚せい剤は出てこなかったのですね」

神川も心配そうに尋ねる。

「その場に立ち会わされましたが、意外と荷物検査は簡単でした。乾燥マリファナも少し袋にあったらしいのですが、他に覚せい剤のような麻薬が出てこなかったことが、係官の心証を良くしたようです」

「それは良かった」

神川もほっと胸をなでおろした。残されたツアー客がこのことを知れば、誰もがそう思うのに違いなかった。今、他人にあれこれと詮索されることは、誰にとってもあまり愉快なことではない。

「ところで山本さん、この大時化の天候だというのにお二人も旅立たれたのですね。木村さんの脱走と寺川さんの不審死を加えると四人がいなくなったわけだ。ツアー参加者は九人になったのですね」

「はい」と声を出して答えると、山本はまるで黙祷でもするかのように目を伏せた。

「桃崎さまも神川先生の説得のおかげで決行を回避されたようですね」

山本は桃崎と谷口夫妻の尊厳死中止を感謝するような口ぶりだった。

「なにも僕が思い止まるように勧めたわけではありませんよ。決めたのはあくまでもご本人ですから……」

まるで自分自身は尊厳死とは無関係のようで、何か釈然としないものが残った。いろいろなことが落ち着いて、ほっと息をつくと、一気に体が疲れを訴えた。神川は自室に戻りたいと言って山本の船室を出た。もしかしたら微熱があるのかもしれない。酒を飲んだわけでもないのに、体が熱く、いやな汗が背中を流れ落ちた。早く横になりたかった。


神川が部屋を出たのを確かめると、山本は急に険しい顔つきになった。

「菊池くん、例のものはどうした」

「指示された通り、下の階に降りて、海に捨てました」

山本はほっとしたような表情を浮かべた。少し緊張が取れたようだ。

「袋の中身は見たの」

「いいえ、そんな余裕もありませんでした。主任が寺川さんの部屋で手さげ袋を見つけた時、数本の注射器に薬物らしいものが入っていましたね。もしかしたら覚せい剤じゃないかとおっしゃっていましたから、これは大変なことになると思って、そのまま袋ごと海に投げ捨てました。主任、実際のところ寺川さんは事故死なのでしょうか、それとも覚悟の自殺……」

幸子が眉根をよせて聞いた。

「わからないが、恐らく薬物を使っていてあの時化だろう。足を滑らせたというところじゃないか」

今回の旅行では、何が起こるかわからないので、山本は全員の部屋の鍵のスペアを預かっていた。係官を呼ぶ前に薬物のようなものが入った小袋を見つけ処分することができたのは、そのおかげだ。

「実は私、寺川さんが行方不明になる直前、廊下ですれ違ったんです」

「えっ、夕べだよね。どんな様子だった」

山本は驚いて心配そうに幸子の顔を覗きこんだ。幸子はぐっと息を溜めるようにして口を開いた。

「眼つきがちょっと異常だったので、恐くなってすぐに離れましたが、ぼそぼそと何か変なことを口走っていました」

「どんなこと」

幸子は不思議なことに寺川の言葉をはっきりと覚えていた。

「俺は輪廻転生なんか信じない。生まれ変わるなんて冗談だろう。終われば何も残らない……。すべてが無の状態に戻るだけだって」

「すべてが無か……。それで君は大丈夫だったの」

「あやふやな返事をして、すぐに逃げるように走り去りました……。主任、私は、寺川さんは自殺ではないと思います。何の確証があるわけでもありませんけど」

相変わらずひそめたような低い声で幸子が言った。

「自殺じゃないにしても、薬でハイになって海に滑り落ちたのだとしたら、自殺と変わりないけどね」

「でも主任、薬物中毒者だったとしたら、なぜこの旅行に参加してまで安楽死を希望したんでしょうか」

山本はしばらく腕組みして考えていたが、やがて自分を納得させるように切り出した。

「わからないけど、一つの可能性としては、薬物から逃れたくて、追い詰められていたのかも……」

山本の表情はいっそう硬く暗くなった。

幸子が悲しげに小さく首を振った。

「いずれにしても、寺川さんはきっともう、この世にいないんですよね……」

第六章
尊厳死

昼過ぎになってやっと村上から連絡が入った。ベッドに横になって休んでいると、しばらくして村上が神川の船室に訪ねてきた。

「いやあ、まいったよ。昨日は船が揺れてゲロしっぱなし。せっかくスロットで大当たりしたのに喜びも半減だ。これほど大きな船でも揺れるのだから、船酔いするのは当たり前だね」

村上はそう言ってどっかりとソファーに腰を下ろした。神川はベッドの背にもたれ、足を伸ばした。

「それにしても大揺れしている船のカジノで当たるなんて、ラッキーだね」

「ゲロを抑えながらだから、気分は最悪だったよ」

「開き直ると当たるのかもしれんね。それでいくら当てたの」

「ルーレットで三十万、スロットでは約四十万円、命を拾ったとたんツキが回ってきたよ」

村上がピースサインをして見せる。

「命を拾ったって？　昨夜、村上さんが引き当てたカード番号は確かスペードの二じゃなかった？」

「よく覚えているな。だからパスしたって……。だって今にも吐きそうな状態では気分安らかに逝けないよ」

村上は苦笑いしながらもほっとした表情で答えた。

「それでもカジノには行ったんだ。遊びにしては儲けたね。村上さんには博打の才能があるんだよ。このツキは命と同じで大切にしなければね」

何気なく言った言葉に村上は気を良くしたのか、身を乗り出すようにして目を輝かせた。そして「水、もらっていいかな」と言い、神川の答えを待つまでもなく、ミニ冷蔵庫からミネラルウォーターを取り出し、ぐいぐいと飲んだ。喉が潤うと、これでしゃべりやすくなった、とでも言いたげにいっきに話し出した。

「病気の勝負はわからないけれど、博打の勝負には負けない自信がある。勝負の女神は気まぐれだから、その運気の引き際を見極めないとね。ここで引くっていう潮時をきっちり見極めないとえらい目に遭うからね」

「そうだな……。勝ちたい気持ちが強すぎると、もっともっとと思って、やめられなくて結局負けてしまう」

「先生の言うとおりだけど、勝負に勝とうとする気持ちがないと、これまた勝てない。で、頭にくるとツキは必ず落ちる」

「じゃあ、どうしたら村上さんみたいに勝てるの」

神川は聞いてみたくなった。

「カードでは冷静に場を読んで、ツキまくっている奴の反対に賭ける。それもチャンスは一度か二度だけ。胴元は絶対強いからね。そして勝った段階ですぐに引き上げる。勝ち逃げだ」

村上は嘔吐したことなど忘れたかのように得意顔でしゃべりまくった。

「なるほど……」

「しかし、勝っても負けても、やめられないのが博打の怖さ……」

村上はそこでニヤッと笑った。村上の船酔いはすっかり治ったようだ。

「やめられないから、博打なんだよ。賭け事は引き時が一番肝心だが、人生のゲームはそうはいかない……」

そう言ってしまうと、ふっと表情が変わり、今までの勢いが嘘のように急に暗い顔になった。浮かれた雰囲気はみるみるうちに消え、村上の気持ちがどんどん沈んでいくのがわかる。

「村上さんの場合は、人生も博打と同じと考えたらいいのかも。冷静に判断すれば勝てるかもしれないですよ」

確かに人生は賭けのようなものだ。神川は村上を元気づけるつもりだったが、一度支配し始めた暗い現実は容易には去らず、村上の脳裏に居座り続けた。

「確かに人生そのものが博打だよ。ゲームとたいして変わらない。博打と同じでやめられればいいのだが、がんに対する駆け引きはそう簡単に降りるわけにもいかないから困る」

「これだけ分析できる村上さんなら、人生もゲームと考えればいいんだよ」

神川にほめられても村上はただ寂しそうに首を横に振るだけだった。

「賭け事や株には夢中にならないように自制してきたからね。しかし、病気はそうはいかない……」

何を言っても、どうしても病気のことと比較してしまう村上のことを、責める気にはなれない。神川は話題をカジノに戻した。

「ところで勝った軍資金はどうするの？」

「そこなんだよ。立派な棺桶ぐらいは買えそうだしね」

「いっそ、金無垢のデスマスクは」

「デスマスクというぐらいだから、死んだ顔に被せるのだろう。生きている内に自分が自分の死に顔を見ることはできないんだから、金色にメッキした猿のお面でも俺には十分だよ」

村上はお面のように手で顔を覆って、おどけて見せた。少し気分が戻ったようだ。

神川はずいぶん前に上野の美術館で見たツタンカーメン王の黄金のデスマスクを

思い出した。

「金と権力が無限にある王であっても、命だけは自分の自由にはならない。死が避けられないのなら、せめてピラミッドやスフィンクスのように、巨大な墓やモニュメントを造って、自分の権力を後世に見せつけたくなるものなんだね」

村上はうんうんと頷く。

「そうそう。ピラミッドもスフィンクスも、途方もなくデカかったよ」

「えっ、村上さんはエジプトに行ったことがあるの？」

「もう十年も前だけどね。税理士仲間とのツアーで行ったんだ」

村上は十年前の記憶をたぐり寄せるように目を細めた。

「同じツアーでも、今回とは雰囲気が全然違う。今から思えば楽しいツアーだったんだなあ」

村上は懐かしそうにエジプト旅行を思い出していた。

「クフ王みたいに歴史上に残る人物ならいざ知らず、普通の人間なら、十三回忌か、せいぜい二十七回忌ぐらいでその人の存在した記憶は忘れられていくんだろうね」

神川が言うと、

「俺のことなんか、十三回忌もこないうちにすっかり消えてなくなっているよ」

村上もまた自嘲気味に笑った。

はるかに遠い過去の偉大な遺跡に思いを馳せると、死に臨む王もまた、一個の儚《はかな》い人間であったという事実が胸に迫ってくる。

「クフ王は自分の死は尊厳死と思っただろうか」

突然、村上の疑問は膨らむ。

「村上さん、それは絶対的権力者だから、自分の死をすべての民が尊厳死だと崇めてくれればよかったんですよ。本人はきっと尊厳死どころか死にたくないというのが本心であったに違いない」

神川は思い出したように話し続けた。

「しかし、古代エジプトの王の墓から死者の書なんてのが出土したぐらいだから、命が尽きることへの恐怖は、巨大権力の頂点に立っていた王であれば、我々の想像を絶するものがあっただろうな」

「どんな権力者も必ず死は訪れるんだよ……。だがそれにしても先生はよく知っているな。死者の書って？」

感心したように村上が尋ねた。

「詳しいことは知らないが、エジプトで発見された、古代エジプト時代のあの世へのガイドブックらしい……」

神川は何かで聞きかじった記憶を頼りに話した。

「パピルスなどに書かれた神が死への恐怖を鎮めてくれるらしい」

「神か……」

それを聞いた村上は船室の天井を見上げて、大きくため息を吐いた。

「何だか先生とも、顔を合わせたら死ぬことの話題ばかりだから、暗くなるよな……。まったく」

「そりゃあ、二人とも尊厳死を求めて旅行に参加したのだから、この最大のテーマからは逃れられないよ」

「そうか、そうだね。何も話せないよりよっぽどいいのかもね」

村上の言う通りだと神川も思った。

「それはそうと、この大時化の中でも、しっかりぶれずに旅立った人がいたらしいよ。田中さんのこと、先生は知っていた？」

「先ほど菊池さんから聞いたばかりだけど……」

「我々と違って、意志が強固だね、感心するよ」

村上はすでに神川も安楽死の決行を迷っているると察しているらしい。「我々」とひとくくりにされたことが心に引っ掛かった。

「ひとにはそれぞれの事情があるし、その安楽死の判断を外野である他人がとやかく言うことはできないけど、アルツハイマー病という、人間の人格というか、尊厳を崩壊させるような病魔にはだれも立ち向かえないいんだよ。田中先生はその事実を知ったから決行したのだろうと思うね」

「アルツハイマー病って、そんなに怖い病気なの」

先ほど幸子から受けたと同じ質問だった。

「専門外だけど、何人かの患者は診てきたからね」

「認知症や痴呆症とはまた違うの」

「すさまじい……。以前の自分を知っている人には見せられない姿だよ」

「統合失調症、昔でいう分裂病のようなもの？」

村上には想像がつかないらしい。

「それに近い状態なのかもしれない」

「治療法はないの」

「ああ……。病状を遅らせる新薬が開発されたといっているが、効果はあまり期待できないと思うね」

田中は兄が死に至るまでの経過を熟知していたはずである。恐怖を抱いて、尊厳死を求めたくなる気持ちは神川にはよくわかった。

村上も何かを考えていたのだろう。急に真顔で神川の目を見据えるようにして言った。

「もし、先生ががんじゃなくてそのアルツハイマー病だったら、やはり先生も尊厳死として死を選択する？」

「………」

思いもよらなかった村上の質問に虚を衝かれ、神川は唾を大きく飲み込んだ。

もし、アルツハイマーの兆候が現れたら、自分ならどうするだろうか。ＭＲＩやＰＥＴ‐ＣＴ検査で可能性を示唆する診断結果が出たら……。

そう考えると背筋が寒くなった。何かこの難病に抵抗する方法はあるのだろうか。しばらく考えてから、自問自答するように神川はゆっくりと村上の質問に答えた。

「客観的な立場で言うと、そうするかもしれないし、また、そうしないかもしれない。だけど病気が進行すると、尊厳死そのものを決行しようとする判断もできなくなってしまう。考えただけでも恐ろしいよ……」

神川の曖昧な返事に対して、村上は素直に質問を発した。

「つまり自分が自分でなくなってしまうということ？」

「いちがいには言えないが、人格の崩壊はたんなる認知症の症状とは明らかに異なるからね」

「考えたくもないが、恐ろしい病気なんだ」

その得体の知れなさに村上も眉をひそめた。

「恐ろしい症状が出る前に、尊厳死を希望する承諾書を、あらかじめ弁護士にでも提出しておけばいいじゃないか。あっ、そうか本人が弁護士か……」

村上は思わず苦笑いする。

「アルツハイマー病だけじゃない。脳動脈硬化性痴呆や極度の認知症に対して尊厳死の適応はそんな簡単な問題じゃない。誰がそれを判断して、どの時点で誰が執行するのか。個々の事例においてすべて条件が異なるのに、単純にひとまとめにして尊厳死を法制化するなんて不可能だよ」

神川の言葉にさらに力がこもった。

「村上さん、問題は高齢化に伴ってこれらの脳機能障害者が急速に増加している現実なんだ」

「それは日本が超高齢化社会なんだからしょうがないよ。必然的に認知症老人だって増加するでしょう」

高齢という意味では二人にとっても差し迫った問題ではあった。だが二人とも他人事のように話せるのは、村上も神川もそれが問題になる前にこの世から消えていることがわかっているからだろう。

「だけど、アルツハイマー病も痴呆症も認知障害も症状がはっきりした時は、もう自分で尊厳死を選択できる判断ができない。尊厳死を法制化するとしてもそこが一番の問題なんですよ」

「やはり日本じゃまだまだ法制化は無理か……」

「そう。この船上では、ここはオランダであって日本ではない。だから何とかギリギリ可能なのかも」

「だから、こんなツアーの企画が正当化される」

神川は顔をしかめて村上を見た。

「村上さん、まだオランダでも公に正当化されているわけじゃないよ」

えっ、と言うように、村上は肩をすくめて見せた。

「まあ、結果としてその安楽死した人が、それが尊厳死として満足したかどうかが大前提であって、ツアー企画の正当性が公に認められることはこれから先もありえない」

神川の説明にがっかりしたのか、村上の声のトーンが下がった。

「やはりこれはアンダーグランドの世界なんだ」

しばらくして村上は思い出したように答えた。

「しかし、痴呆症になって自分が誰だかもわからない。意識も混濁したまま会話もできない。たくさんの管につながれて、排尿排便もままならない。オムツを当てたまま明日を生きる意味があるのだろうか。俺なら一刻も早くあの世に送ってほしい。

それができないなら、俺の病気はがんでよかった」

神川の反応は早かった。

「そんな比較はナンセンスだよ」

「そうだった。先生もがんだったね……」

苦笑いしながらおどける村上に、話の腰を折られた神川はムッとした。

「生産性を失って、社会に必要とされなくなった年寄りでも、長生きすることは決して無駄なことじゃない。現代の姥捨て山が認知症老人の介護施設ならあまりにも悲しすぎるよ……」

「そりゃ、そのとおりだけれど……。これからも増え続ける介護老人を養っていくための予算は国にはないでしょう。もう日本の社会では意識もなく寝たきり介護の状態で、さらに経管栄養や点滴で長引かせる必要はない……」

村上の考え方に神川は体を起こした。

「馬鹿なことを。長生きすればいつかは老人性痴呆になるのは自然の条理であり経年変化じゃないか。ボケてしまって何が悪いんだ」

神川は声を荒げて言い切った。村上は恐縮したように肩をすくめた。

「そんなに怒らないでよ。俺だって、ボケるのはまっぴらなんだ……」

「村上さん、ボケることも加齢現象のひとつですよ。みんな年をとるとボケる。それでいいんです」

「先生は医者だからかもしれないけれど、ボケてしまうことにどうしてそんなにポジティブなのか俺にはわからない」

「ボケは黄泉の国へ旅立つ準備なんだよ」

「………」

村上は黙ってしまった。

「つまり、ボケは死の恐怖を中和させてくれるから……」

神川は強く言い過ぎたように思えて言葉を選んで言いなおした。神川の言い方が柔らかくなったことで、村上の表情も少し緩んだかに見えた。

「なるほど、医者らしい発想だが……。そう考えればボケることも一応意味があるんだ」

「ボケることを医療人として正当化するつもりはないが、悪いことじゃないよ。喜怒哀楽は目先の出来事だけに対応する。美味しく食べたり笑ったり、楽しく過ごすこともそれが刹那的であっても大切なことなんだ……」

そう言うとまた少し村上がむきになった。

「それは違う。介護が必要になると家族や他人に多大な負担がかかる。しかし、当の本人にとっては、先生が言うように人生は楽しいのだろうか。それが幸せと言えるのだろうか」

村上は腕組みをして再び考え込んだ。難しい問題だった。

「正直なところわからない……。場合によっては、それは楽しいこともあるかもしれない。しかし幸せだと感じ取る能力は明らかに劣化しているから、その人が幸せであるかどうかは何とも言えない。その人にしてみれば生きていることこそ意義のあることだからね。他人がボケ老人を幸せなんて軽々に言えることじゃない」

医師である神川は、そうは言ったものの、それが介護医療の現場ではきれいごとに過ぎないこともよくわかっていた。

実際の介護の現場では、オムツの中に手を突っ込んで排便を口にする痴呆老人や心ない介護士からの暴力や虐待など、一部にしても想像を逸脱するような凄まじい現実があった。

突然、村上が思い出したように寺川の話を持ち出した。

「そう言えば、寺川さんの説では死後は無の次元になるって、それは生まれる以前の世界にまた戻るってことを意味しているのかな」

神川は寺川のことをどうして村上が知っているのか不思議だった。

「それを誰から聞いたの？」

神川の質問に、村上は照れくさそうに白状した。

「幸っちゃんからだけど……。寺川さんと最後に言葉を交わしたのも彼女らしい」

「本当に村上さんは地獄耳だね」

村上はニヤッとしたが、それ以上の詳しい話は避けたいようだった。

「直接聞いたわけじゃないが、僕も寺川さんの考え方は理解できるよ」

「それってどういうこと？」

どうやら村上は、幸子からこのことについて質問されていたのだ。

「生まれる前の世界と死後の世界の間には、確かに存在したという絶対的事実があって、それを遡《さかのぼ》って消すことはできない。だから存在が消滅しても、生まれる前と同じようで同じではない。死することは、違う『無』という異次元の世界だと寺川さんは言いたかったんじゃないか」

村上は腕組みをしたまま考え込んでいた。

「神川先生も同じような考え方なんだ……」

村上はそれ以上聞くのをやめた。神川がため息をついたからだ。

「考えてみたら、死ぬためにこのツアーに参加したはずなのに、自分が死というものとこれほど真剣に向かい合ったことはなかったかもしれない。しかし、がんの場合と違って、認知症や老人性痴呆の介護問題も簡単に尊厳死を語れるもんじゃないね」

村上がしみじみと呟いた。

「そう。生きたくても生きられない場合とは違うから……。尊厳死なんて、簡単な言葉で片付けられるような問題じゃない。もし認知症を発症する前に、尊厳死への承諾が取れていたとしても、実際に認知症が進み痴呆が進み、介護が長引くと、尊厳死を希望していたことも忘れてしまう。さっきも言ったことだけどね……」

「人ってそんなに変わるものなんだ」

「それを以前に提出した承諾書を振りかざして、明日、尊厳死という名目で安楽死を実行しますと言われても、家族だって本人だって、ほとんどの人が、「はい、宜しくお願いします」とは言わないし、言えないでしょう。誓約書や契約書じゃないから他人が勝手に死へ導くことも倫理の立場から許されない」

少し言葉が途切れた。言葉の重みを互いに反芻しているようだった。

突然、村上が顔を上げ神川に反論した。

「それってさあ、もしかしたら、治る見込みのないがんの末期患者でも同じ論理じゃないか。安楽死を本人が熱望したとしても尊厳死はやるべきじゃない」

皮肉を込めた言葉だった。

「それは違うと思う。治癒の見込みのないがんに対しては、壮絶な痛みからの緩和ケアーが目的だから……」

それでも村上はたたみかけるように問いかけた。

「その目的のために、このツアーに俺を誘い、先生も参加したの」

「そうだ」と素直には言えなかった。神川は困った顔をした。

「何故なのだろうね。ただ多くの患者を看取ってきて、二人に一人が、がんに侵され、三人に一人はがんで逝く時代に、ついに自分にもお鉢が回ってきた。進行して脳にまで転移が見つかっているのに、そんなはずはないと思う。未だにがん患者である事実を受け入れたくないんだ。明日には嘘だって……。自己免疫力が勝ったぞって、がんをやっつけたぞって、誇らしげに肺組織が勝利宣言をしてくれるような夢を見たりする」

本音なのだろうか、驚いた村上は神川を責めたことを悔やんだ。

「医者である神川先生でも逃げ出すぐらい……」

「そう。一皮むけば化けの皮が剥がれて、このありさまさ……。笑ってくれていいよ」

首を大きく横に振った村上が神川に言った。

「笑わないよ。でもまだ何かに遠慮してる気がするな。先生は恵まれた環境で、愛する家族もいるんだろう。がんになったからといって死期を早める必要なんかないじゃないか」

村上の意見は正しかった。村上の反応に神川は言葉に詰まった。

「わかってるよ。何だろうね。何なんだろう、自分でもよくわからない」

脳裏に残してきた家族の姿が浮かび上がった。彼らを残してきた意味はどこにあったのだろう。

仕事の忙しさに追われて、息子も娘も小さい頃からあまりかまってやれなかった。父親と子供というのはそんなものかと思ってきたが、今になって振り返ってみると。彼らと過ごす十分な時間をつくってやれなかったのは自分であるにもかかわらず、いつも心のどこかに孤独を抱えていたように思えた。

まだ幼く、無邪気だったころの彼らの瞳が、今まっすぐに神川を見つめているような気がした。

窓の外からうっすらと光が差し込んで、斜めに白い筋をつくっていた。

村上は黙って神川の言葉を聞いていたが、最後にたたみかけるように神川に向かって言った。

「ようするに、俺と同じで先生も死にたくないんだよ……」

神川が反論することはなかった。

「そうかな……。いや、きっとそうなんだろう」

村上はこんな神川を初めて見た気がした。これまではずっと医者と患者という立場であったし、一度も愚痴らしい言葉は聞いたことがなかった。しかし、いま目の前に座っているのは、紛れもない一人の人間である神川だった。

「先生、猫が死ぬ時って知ってるか」

「猫？　いや、知らない」

「猫はね、自分が死ぬとわかった時、身を隠すんだよ。誰にも見られないような死に場所を探して、そっと死んでいくんだ。どう、かっこいいだろう」

「ああ、かっこいいね」

神川は素直に頷いた。村上は、神川を猫みたいだと言いたかったのだろうか。でも違う。猫のように自分で自分の落とし前をつける覚悟があるくらいなら、安楽死など選択肢にものぼらなかったはずである。

「これまでの先生の人生では、理不尽という言葉はなかったでしょう」

「理不尽か……」

神川は聞き返そうとしたが、その次に出かかった言葉を神川は飲み込んだ。村上は邪気のない鋭さで言葉を続けた。

「言ってみれば我々の病気、がんそのものも理不尽としか言いようがない出来事だよな。先生は今まで、何もかも自分の思い通りになってきたんじゃない？　だから……思い通りにはならない理不尽ながんに直面して、そこから逃げ出したいんじゃないの」

「がんから逃げ出したいなんて、今の状態ではがんからは逃れられない。そんなことはあり得ない。僕だって人だもの、がんにはなるさ。がん患者もたくさん診てきた。妻もがんで先に逝ったし……」

神川はふいに口をつぐんだ。

「そうか。そうだな。お互い六十年以上生きてきたんだから、いろいろあって当然か。たしかに先生の言うとおり。その理不尽を解決するには、諦めるしか道はないね」

「諦めるか……」

納得したわけではなかった。たぶん自分では諦めきれないから、このツアーに参加することに決めたのだと神川は思う。

いつのまにか、白い筋がずいぶん緩やかな斜めになっている。さっきから較べるといくぶん暗くなったようだ。村上はその薄い白い筋の中をうごめく小さな粒子の対流を見つめていた。

「先生、どうせ一度は死ぬのだから、最後の瞬間を迎えるまで、ギリギリまで笑って楽しく生きようか」

「そう、楽しくね……」

神川は腕時計を見た。夕食には少し早いが腹はすいていた。

「村上さんの胃の調子が治まったようだから、何か食べに行こうか」

「なんだか腹が減ってきた。ひとりで食べるより二人の方が楽しいからね」

顔を見合わせ、神川も苦笑いした。重苦しい会話は中断した。


船内の巨大なレストラン街の中で村上は韓国焼き肉の店、叙恵宛に入ろうと言いだした。

「昼まで吐いていたのに、消化の悪い焼き肉でいいの？」

神川は村上の体調を気にした。

「食べられるなら、食べる時には好きなものを食べる」

そう言ってさっさと店の中に入って行った。席に案内されるとさっそく無煙ローターの中に炭が持ち込まれた。覗き込むと赤々と燃え盛っている。

神川は取りあえず特上ロースの肉を二人前注文した。給仕が間をおかず、肉が盛られた皿を運んでくる。神川はまず二枚、網の上に載せた。数年前は何人前食べたであろう。脂が滴り落ちると、小さな火の手が上がった。

ほどよく焼けた肉に味噌をつけ、サンチュにはさんで口に入れる。それに交互するかのようにハイネッケンビールを喉に流し込む。会話が弾むと、さらに特上カルビを二人前追加した。すぐに焦げた網を取り換える。久しぶりに味わう焼肉の味だった。

その時だった。

「神川先生もここにいらしたのですか」

声の方を振り返ると山本が立っていた。それ以上に二人の食欲に驚いたように目を丸くしている。

「最後の晩餐なら精がつく料理がいいだろう」

村上が笑いながら返す。

「ところでまた何かあったのですか？」

神川の問いにちょっと戸惑った様子で黙って箱を差し出した。

「宝くじか……」

村上が軽口をたたく。

「もしお嫌なら、今回のカードはパスされてもいいですよ……」

山本はカードの入った封筒の箱を引き上げかけた。

その時、神川が箱を押さえた。

「いいですよ。決められたことですから、もらっておきます」

「じゃあ俺もくじを引くよ」

丸く開けられた穴から、二人はそれぞれのカードの入った封筒をつかみだした。

二人が封筒を引くと、山本は軽く会釈してすぐにテーブルから離れていった。山本の表情はすっかり添乗員に戻っていた。

山本の姿が見えなくなると、村上はその場で何のためらいもなく封筒を開封している。

「ダイヤのジャックだ。ついているな」

村上の表情は途端に明るくなった。

「先生は見ないの？」

村上は不服そうに言う。

「部屋に帰ってからにするよ」

村上には神川の揺れている覚悟が垣間見えたのだろう。しかし、それ以上聞くことはなかった。一方、村上にはもう安楽死を実行する気持ちは失せていると神川は思った。

鉄網の上では黒こげになったカルビが食べ残されている。

「ちょっと四人前は多かったな……」

「村上さん、無理しないでいいよ。また明日があるから」

神川の何気ない言葉に、村上も二度頷いた。

第七章
別れ道

神川は村上と別れて自分の船室に戻ってきた。小さな応接ソファーに深く腰かける。船室の窓から外を覗くと上方に星が瞬いている。昨夜とは違って、もうほとんど揺れは感じなかった。

上着の内ポケットから先ほどの封筒をおもむろに取り出す。そして封を切った。中から出てきたのはハートの四である。微妙な数字だが実行するにはチャンスかもしれない。

神川は受話器を取り上げた。出たのは山本だった。

「神川ですが、引き当てたカードはハートの四だったが、もし優先権が僕にあるなら、今夜お願いします」

それだけを伝えた。村上との約束は果たせないが、先に逝くと連絡はしたくなかった。

「わかりました」

それだけで、山本は何も言わなかった。神川は何かわだかまりが吹っ切れたような気持ちになった。逝くことを目的にこのツアーに参加したのだから、当然なのかもしれない。もう一度覗き込むようにして丸い船窓から星空を見上げた。ダイヤモンドをちりばめたようで美しい……。その時、西の方向から流れ星が光の尾を引いて消えていった。

先に逝った先妻の直子かもしれない。あの世に行って詫びても直子は許してくれるだろうか。

直子は高校の同級生であった。神川が研修医になった年の十二月に純愛の延長線で直子と結婚した。やがて和樹が産まれ、順風満帆の日々が過ぎたが、直子の乳がんの発病は理不尽としか言いようのない衝撃だった。

しかし今の自分が抱えている肺がんは理不尽という言葉はあてはまらない。神川はそう思っていた。

丸い船窓の角度を変えると、大きくこちらに迫ってくるような丸い月が映った。それはまるであの世からこちらの世界を覗ける大きなのぞき穴のようにも見えた。

シャワーを浴び下着を取り換え、クリーニングで仕上がった白い綿のシャツにズボンをはいた。それから安楽死用に決めていたパジャマを紙袋に詰め込んだ。神川は静かに山本からの連絡を待った。

その時、客室専用の電話が鳴った。山本にしては意外と早い連絡だった。

受話器を取り上げてみると、交換手が英語で何やらぼそぼそと短い言葉を発した。何を言っているのか意味がよくわからないままに聞いていると、すぐに言葉が途切れ、それから少しの間をおいて通話が切り替わるような音が聞こえた。

やがて受話器の向こうから、聞き取れないほど小さな途切れがちの女性の声が漏れてきた。ありえないことだが、その声には確かに聞き覚えがあった。

小さな頼りのない声だが、「もしもし、聞こえますか。真知子です。もしもし……」と言う声は紛れもなく妻の真知子のものだった。信じられなかった。にわかには信じがたかったが、声は間違いない。一瞬、何が起こったのかわからず、現実感を取り戻すまでやや時間がかかった。それにしても、見捨てるように置いてきた家族に今さら何をどう言えばいいのだろう。

いったいどのようにしてこの番号を調べたのか。どうしてこのツアーに参加しているとわかったのだろう。机の引き出しの奥に遺書を書き記しておいたのをもう読んだのだろうか。頭の中をぐるぐると疑問符が駆け巡った。

だが、電話を切るわけにはいかない。できるだけ普段と変わらないように、「もしもし」と声を出してみた。

電話口で話しかけてきたのは妻の真知子ではなく、娘の麗子だった。麗子はすでに泣き声だ。

「お父さんひどい！」

麗子の第一声で、神川の心はズタズタに引き裂かれた。

「お父さん、何しているの。今、どこなの。どういうことなの。お父さんの命はお父さんだけのものじゃないでしょう。なんで家族を捨てて自分だけで死のうとするの。家族のために、がんに立ち向かってくれないの……。お父さんはお医者さんでしょう。ひどいよ」

強烈な先制攻撃であった。弁解をしようとしたものの、言葉はしどろもどろになった。

「誤解だよ。友達の患者の安楽死をやめさせる目的で参加したので、お父さんは、もうすぐ日本に帰るから心配しなくてもいいんだ」

何とか言葉でごまかそうとしたが、電話の向こうから、自分の父親がプリンセス・ステラ号に乗船していた驚きと困惑が手に取るように伝わってくる。電話は再び妻の真知子に代わっていた。

「あなたがこのツアーに参加しているって聞いて驚いたわ。あなたも、実は肺がんに罹っているのでしょう」

「病気のことを知っていたのか……」

「あなたのことだから、言わなくってもうすうす感じていたわ。今回のことで中野聖恵中央病院の伊藤院長先生に直接会いに行ったら教えてくださったの」

「そうか……」

「ごめんなさい。でも逃げ出すなんてあなたらしくない……。お友達って村上さんのこと？　どうして何も言ってくれないで行ったの」

思いつめたような妻の声が矢継ぎ早に質問してきた。

「そうだが……」

「それで、あなたも村上さんも、ちゃんと生きてらっしゃるのでしょうね」

「僕は電話に出ているくらいだから、もちろん生きているよ。幽霊じゃないことは確かだ」

軽い冗談にも笑いはない。真知子が動転しているのが伝わってくる。

「村上さんは」

「もちろん元気だよ。彼は肝臓移植に挑戦するように説得したから大丈夫だよ」

その場での適当なごまかしも、もはや通じない。

「村上さんはそれで納得したの？　移植を勧めるのなら、なぜこのツアーに参加する必要があったの」

真知子の詰問は的を射ていた。神川は自分の返事がどんどん追い詰められていき、思考が曖昧になるのがわかった。

「国際糖尿病学会は出席したの？　ツアーについては何も教えてもらえなかったけれど……。調べたら尊厳死を希望する人たちの旅行だって……。あなたは、本当に無事に日本に帰ってきてくれるのですよね」

真知子は念を押した。それでも夫の雄一郎が今生きて電話に出ていることが嬉しかったのだろう。そこからは胸が詰まってすぐに言葉が出てこない。

「もちろんだよ。無事に日本に帰るから待っていてくれていいよ」

「……約束してね。麗子も心配であなたが旅行に出かけてからは何日も寝ていないのよ」

「わかったよ……。すまない」

わずかな沈黙の間に、電話の向こう側でやり取りがあったらしい。

「お父さんが医療から逃げ出すなんて、僕は最初から考えてなかったよ」

今度は長男である和樹に代わっていた。和樹の声は落ち着いてずいぶんと大人になったように感じられた。

「そうだ。そのとおり……。あくまでも医師としての立場での参加だから心配しなくても大丈夫だよ」

和樹の方が大人だった。

「真知子母さんに心配かけては駄目だよ」

医学生である和樹は、いつの間にこんなことを言うようになったのだろう。再婚した若い母は和樹にとっては叔母にあたる。亡くなった直子の一番下の妹なのだ。その母を気遣う和樹の言葉が胸に突き刺さった。

再び真知子に代わった。

「本当に驚いたわ。あなたがこんなツアーに参加するなんて……信じられなかったから……」

何度も繰り返し不安を訴える真知子の声が震えている。

「だから、誤解だって。村上さんを引き止めるために参加したのだから、そして村上さんもいっしょに日本に帰ることになったから……」

神川はまるで自分に言い聞かすかのように、受話器を耳に当てたまま何度もうなずいた。

予期せぬ電話に、明らかに神川は動揺していた。その時、耳にあてた受話器にザーザーとノイズが入った。

「聞き取りにくいからいったん切るよ。大丈夫だから……」

雑音を理由に何とか通話を切り上げることができたが、このままだと毎日でもかけてくるような勢いだった。神川は大きな息を吐き出した。思わぬ出来事に心は動揺したままだった。家族の声を聞いた以上、それを振り切って尊厳死を実行する強い決意は打ち砕かれてしまった。

ソファーに深く座りなおすと、客船の静かな動力音が足元から振動とともに響いてきた。小さな船窓の外はただ真っ暗な海が横たわるばかりである。先ほどまで輝いていた星はもう見えなくなっていた。

気持ちを落ち着かせるために備え付けの収納ケースの中からグラスを取り出し、ため息混じりに冷蔵庫から缶のハイネッケンビールを出して注いだ。

あおるように口に含む。苦い……。目を閉じて唇をぎゅっとくいしばると、上顎に痛みが走った。脳に転移したがんによる三叉神経痛なのだろう……。

そんなに時間が残されていないと訴えている。

だからハートの四を引き当てたのだろうか……。

その時、電話が鳴った。一瞬呼び出し音に躊躇する。電話の表示は今度は外線ではなく客室からだ。

受話器を取り上げると山本からであった。家族からの電話は伏せたまま、山本に頼んだ安楽死の優先権を放棄する旨を伝えた。

山本はひとこと「わかりました」とだけ言って電話はいとも簡単に切れた。すでに電話の件は知っているのだろうか。今となってはそんなことはどうでもよかった。

テーブルの上のグラスには泡の消えたビールが残されたままであった。

神川は冷蔵庫から再びビールを取り出した。ハイネッケンの缶ビールのタブを人差し指でこじ開ける。プシュッと音がして中から泡が少しだけ吹きこぼれた。グラスには注がずそのまま喉に流し込んだ。

船が波を切りさき、大きくゆっくりと上下に揺れる。波動の振幅が体に伝わってきた。つい先ほどまでは、静かな海であった。それがどうだろう、まるで神川の気分のままに再び荒れだした。揺れはあっという間にひどくなった。

突然の家族からの連絡に、納得のいく答えは出なかった。思考はぼんやりしたままで整理がつかない。

やっと気分が落ち着いて、うとうとしかけた時、また船内の電話がちりちりと鳴りだした。山本からの連絡かもしれない。しかし、出てみると小森会長の秘書である内山からであった。小森会長の体調がすぐれないので、客室まで来てほしいとの依頼だった。

神川は心の動揺を抑えるのにはいい機会だと考え、行くことにした。


小森の部屋は豪華な特等A船室だった。出てきたのは内山であった。

「先生、夜分遅く、休まれているのにすみません」

「まだ寝てはいません。それより、どうされました」

就寝時間の訪問なのに、神川がプレスのきいた白のカッターシャツをきちっと着ていることに内山は少し驚いた様子だったが、そのわけを聞き出すこともなく、さっそく小森の寝ている隣の部屋に案内した。寝室のドアーを開けると、シックなベージュで統一された部屋の中で、ローチェストの上に飾られたプリザーブドの赤い薔薇の花束が鮮やかな色どりを添えていた。小森はベッドでお腹を抱え込むようにして横たわっている。その顔色は青白く、唇をゆがめているのが見えた。船酔いのようだ。

この時期の海の天候は急激に変わりやすい。時化はだんだん激しさを増しているようだ。船の揺れが大きくなっていた。

秘書の内山も船の揺れは苦手なのか、必死で気持ち悪さをこらえているのがわかる。

神川は大学時代ヨット部に所属していたから、船酔いには強かった。

携えてきた鞄から鎮吐剤を取り出し小森に手渡した。しかし、少し迷って、今にも吐きそうな様子から、服用する錠剤ではなく、強い鎮吐効果のある座薬に取り換えた。胃が受けつけない時は、たとえ少量の水分と薬剤であっても、かえって嘔吐を誘発してしまうからだ。

「すまないね。死ぬ直前になってぶざまな姿で迷惑をかけて……」

「会長、だれでもこれだけの時化では船酔いしますよ。これだけ大きい客船だと揺れ戻す振幅も大きいですから、そのぶん酔いが回るのです。そのうちに三半規管が慣れてくると揺れにも対応できます」

神川は、「会長」と敬語で呼ぶことで、社会的役割は終わっていないというメッセージを伝えようとした。

「いつでも逝くつもりだったけれど、こんなに気持ちが悪ければ、気分も最低だから、もしカードが当たっても山本君に言って今夜は延期してもらうことにしたよ」

小森はテーブルに置いてあるカードを示した。ダイヤの四。神川が引いたのと同じ数字だ。同じ数字の場合はどうなるのだったろう。確かポーカーのルールがあったはずだが、思い出すことはできなかった。いずれにしても神川はすでにパスしていたし、小森もまた延期したという。

「それはよかったですね。とりあえず体調を回復することが先決ですから」

安楽死のために体調を回復させるというのも妙な話ではあった。

その直後、小森は内山に支えられるようにしてトイレに駆け込んだ。

五分、いや十分以上経っただろうか。トイレから戻ってきた小森の顔色は、吐いてすっきりしたのか幾分回復しているように見えた。脈の乱れも多少回復したようだ。

今度は介抱している内山秘書の顔色が悪くなっていた。

「内山君、僕の具合はだいぶよくなったから、部屋に戻ってくれていいよ。神川先生も来てくれたことだしね」

「そうですか、先生にお任せしてもいいのですか」

内山もそう言いながら、吐き気をこらえているのがわかった。

「いいですよ、もう少し、小森会長とお話ししていますから……」

神川は内山にもさきほどの座薬を渡した。


内山が部屋を出るのを待ち構えていたように、小森が切り出した。

「相当の覚悟でやってきたつもりだったが、いざとなると何だか抵抗があって潔くないね……。特に実行する医者から英語で説明を受けてからは、なおさら嫌になってきました」

「執行する医者に会われたのですか。オランダの女医さんのことですね」

おそらく村上が話していたことと同じような感想を持ったのだろう。小森は小さくうなずいて笑みを浮かべた。

「まあそれもそうだが、こういった問題はデリケートだから……」

「私の友人も、会ってみて、まるで魔法使いのようだと言っていましたから、見た目も大事なのかもしれません」

そうは言っても金髪のグラマーで女優のような女医でも躊躇したに違いない。

「なるほど、魔法使いとはよく言ったものだ。どうせ死ぬのだから、誰でもいいようなものなのに、見も知らない外国の医師から、いきなり英語で説明を受けてもなかなかすんなりと『尊厳死』を納得して受け入れる気持ちにはなれないものだな」

「逆に言えば、知らないからできるような行為ですけれど……」

「安楽死をお願いしておきながら、個人の宗教観はさておいても、考え方の違った知らない医師に命をゆだねるのに抵抗があるのか、それを理由にして、死への旅立ちを躊躇しているのか、自分にもわからんのです」

小森の吐き気も少し改善したようだ。顔には赤味が戻り、口調も滑らかになっている。

「医師と患者の信頼関係の構築なんて、一朝一夕にできるものではありません。ましてや安楽死を実行するここではありえないですよ。医師としては違法行為なのですから……。あるとしたら、それは神の領域になる」

小森が目を見開いて神川の方を見た。

「先生がここで『神』を持ち出すなんて、驚きです」

「小森会長……。僕は医師として多くの患者の旅立ちに立ち会ってきました。病気の場合、まるで潮が引いていくように何か大きな力によって、静かにあの世に導かれることが多いんです。ああ、いま医者の手を離れたとわかる瞬間がある。そこから先はもう導いてくれる者がいて、静かに連れて行ってくれる。人智を超えた何かがあるのだと、医者だからこそ知ってるんです。神を持ち出したのは、医師の力なんてほんのささやかな病魔に対する抵抗でしかないと、思い知らされたからです」

「そうですか……。しかしその医師の力を借りて楽に死のうとする決断が、神に逆らう行為になる。神に導かれた苦しくない自然死が理想でしょうがね……。そう簡単には世の中はいかない」

そう言いながら小森は苦笑した。

「スーっと眠るように逝きたいものですが、がんの末期の場合はのたうちまわって悶絶するのがほとんどですからね……」

言いながら、神川は自分の場合を考えていた。もしもここで尊厳死を断念し、このまま生き続けるとしたら、どのような結末を迎えるのだろう。痛みと苦しみは容赦なく神川にも訪れるはずである。恐怖は拭いがたく、波のように襲ってくる。しかし死の壁は、等しく皆が乗り越えなければならない。その昔、中国の皇帝が所望したという不老不死の薬など夢物語なのだ。神川は自分に言い聞かせるように呟いた。

「どういう結末になるのかはわかりませんが、与えられた運命に従うこともよしとしなければならないのですね」

あの家族からの電話がなかったら、今頃オランダの女医さんに安楽死を委ねていたのかもしれない。神川は気取られないように身震いをした。

「死の恐怖から逃れる手段として安楽死を選択したのですが……。ここに来て何も思い残すことはないはずだったのにまだ俗世に未練がある」

小森の表情には、先ほどとは違ってゆとりが感じられた。

「年齢にかかわらず、未練は誰にでもありますよ。たぶん百歳を超えても同じでしょう」

「ご存知のように、私は心臓にステントを入れていますし、高血圧や心臓病を抱えているから、何もできないと思っていたが、いつ死んでもいいと考えれば、何でもやれる気がしてくるから不思議です。実際には何もできやしないんだが」

二人の会話に割り込むように、船の振動が、鮮やかな赤い薔薇の花束を一定のリズムで揺らしていた。

「今日、美味しい空気が吸えることが幸せなのですね。ところで会長は富士山には登頂されたことがおありですか」

「いや、登ってみたいとは思うのだが、その機会には恵まれなかった」

「標高が上がるにつれ、空気が薄くなり息をすることも辛くなります。体力よりも呼吸をする苦しみの方が、途中で挫折する理由ですね。これは自分のことですが、自然に空気が吸えることがこんなにも幸せであるとは、病気になるまで気が付かなかったですから……」

「空気が幸せ……。先生のがんは肺がんですか」

「ええ……」

小森は穏やかな表情をたたえて神川に訊ねた。

「失礼ですが、神川先生は尊厳死を中止されたのではありませんか」

小森がぐっと神川の目を覗きこんだ。確かについ何時間か前には強く決めたはずの安楽死が、家族からの一本の電話で打ち砕かれてしまった。何も話していない小森にどうしてそのことがわかるのだろう。

「よかったら、何か好きなお酒でも飲んでください。先生は船酔いに強そうですから、バンバンのブランデーでもいかがですか」

「ありがとうございます。いただきます」

神川は小森の枕元にすでに運び込まれていたアイスペールから、少し溶けかかった氷塊をグラスに移した。そこに琥珀色の液体を注ぎ込む。それを見た小森が言った。

「気分が治まったようで、私にも一杯もらえますか」

「大丈夫ですか……。わかりました」

小森会長のためにもう一杯同じものを作った。

「それでは……」

二人は無言のままグラスを合わせた。小森がゆっくりとグラスに唇を当てた。

「私にとっては末期の水ですが、こんなに旨いのなら明日も飲みたくなるね」

そう言って、にっと笑って見せる小森の顔はまるで小さな子供のようであった。

「そうですよ。大切なのは今のこの瞬間なのですから。でも明日も飲めるなら、また挑戦してください」

小森はブランデーをなめるように口に含んだ。嬉しそうに喉で味わう。

「お迎えがくるまで、ぶざまな姿を曝そうが、周囲から死にぞこないと罵られようが、食える時に食って、飲める時に飲んで、三途の川で溺れることのないように鍛えなけりゃ」

何を鍛えるのか、酒なのか体力なのか、はたまた気力なのか、神川にその意図はわからなかった。

「そうと覚悟を決めたら意外と生きているのが楽かもしれません」

そういう神川の頬も自然に緩んでいった。

「先生もそう思いますか」

神川は自分に苦笑いをしながら、ロックのブランデーを口に運んだ。ひょっとしたら今の時間帯にはすでに死んでいたはずだった。それが、こうして酒を飲んでいる。自分でも不思議な光景だった。小森はブランデーを舌の上で転がすように味わっている。胃部の不快感もすっかり解消したのだろう。

いつの間に降り出したのだろう。横殴りの雨が激しく船の窓を叩いていた。プリンセス・ステラ号は次の寄港地であるバリ島に向かって、大きな波を切りさき前に進んでいた。

第八章

ドクターラウラ

　翌朝になって朝食のレストランには、驚いたことに残っている全員が顔を揃えた。個室ではなかったが、コーナーの一角がこのツアー客のために用意されていた。桃崎親子、昨夜体調を崩した小森会長と秘書の内山。谷口夫妻は口数も増え表情も明るい。村上は昨日の揺れでは吐かなかったらしい。そんな中でも奥村だけがさえない顔をして食事を口に運んでいる。さすがに今回は、船酔いが全員の安楽死の決断を鈍らせたのかもしれない。

「おはようございます」

挨拶に立ち上がった山本が提案した。

「もうすぐ船はインドネシアのバリ島に到着します。船に残られても結構ですが、ご希望なら高級リゾート、シェラトン・ヌサドゥアホテルに二泊宿泊することも可能です。ホテルのお部屋に関しての追加の料金は発生いたしませんから、どうぞ遠慮なくお申し出ください」

幸子が出欠票のようなボードを持って近づいてきた。

「神川先生、村上さんも誘ってみてはいかがですか」

幸子がバリ島の上陸を勧める。村上が幸子の顔を見てニヤッと笑った。

「幸子さんと何かあったの？」

「何にもあるわけないよ。あって欲しいけれどね……」

村上は上機嫌で答えた。

「僕はいいから、村上さんは行った方が楽しいよ」

「えっ、先生は行かないの？」

驚いて村上が神川の顔を見た。

「船の中でも十分過ごせるから……。体調のこともあるからゆっくりするよ」

体調のことを言われると、村上もそれ以上は誘おうとはしなかった。

その横で立っている山本が声を落として言った。

「現地のシェラトンホテルに宿泊中は、カードは配りませんから……」

体調が戻った村上は、ヌサドゥアビーチでナシゴレンを食べたいといって入国を希望し、いそいそと出かけて行った。ビーチで明るい陽光を浴び、新鮮な空気を思い切り吸い込んだら新たな免疫力を得るかもしれない。神川は村上の背中を押して送り出した。


桃崎秀明は小百合といっしょに特別ラウンジの談話室にいた。桃崎もまた下船せず船中で過ごすことを選んだらしい。神川の姿を見つけた桃崎は、車椅子に腰かけたまま手を挙げた。

「先生、このあいだはどうもお世話になりました。いろいろお付き合いくださってありがとうございました」

桃崎の表情はいたって穏やかだった。

「桃崎さんもバリ島の観光旅行にお出かけにならなかったんですね」

神川が顔色を窺《うかが》う。

「持病の腰痛が悪化したもので……。観光に出かけるとみなさまに迷惑がかかるといけないので船に留まりました。ところで先生は、バリ島観光に行かなかったのですか」

「ええ、観光をする気分でもないですから、ここに残ることにしました。バリ島は以前に来たことがありますから……」

釈然としない弁解であった。先妻の直子が、がんで亡くなって二か月も経たないうちに真知子との間に麗子が生まれた。一周忌を終え真知子と再婚した神川は和樹と麗子を連れてバリに家族旅行に来た。そのとき泊まったのがシェラトン・ヌサドゥアホテルなのである。

「そうですか……。バリにはお越しになったことがあるのですか」

それ以上神川の話題を避けた桃崎であったが、他のメンバーの動向が気になるのか、話の矛先はすでに消えた参加者に向けられた。

「結局、事故の行方不明者を含めると、香港を出発してから、すでに三人が旅立ったわけですね。そうそう、それに香港ですでに逃げ出した人もいた」

「よく覚えていらっしゃる」

神川が感心していると、小百合が、ツアー参加者のことをあまりにも無神経に話す父秀明を咎《とが》めるような目で見た。側にいる神川のことが気がかりだったに違いない。小百合の表情に少し硬さが見られるのに神川は気づいていた。しかし、桃崎は気に留めないで話を続けた。

「次は済州島ですね……。横浜に辿り着くまでには、また何人かの旅立ちが出るのでしょうかね」

「おとうさま、そんな失礼な言い方をして……」

小百合は、今度はあからさまに眉をひそめた。

神川は小百合がおとうさまと呼びかけたことに驚いた。

おそらく桃崎は小百合にすべてを打ち明けたのだろう。何か胸のつかえがとれたような穏やかな表情がそのことを物語っている。老人がどのような生きることの意義を見出したのか神川には知る術もない。だが、「おとうさま」と呼びかけたその言葉の中にすべてが凝縮されているように思えた。

「神川先生、尊厳死を実行できたから偉いとか、決心がつかずに断念したら意気地がないとか、私のように、急に命が惜しくなって中止したとか……。事情は違っても、すべてがそのありさまだと思っているのです」

桃崎は自分のことを、意気地なしと卑下してみせてから、にっこりと微笑んだ。

「そうですね。他人が、そのことを判断することじゃないですよね」

神川も小さく頷いてから、少しだけ笑って見せた。だが次の桃崎の言葉は神川を驚かせた。

「私は、日本に帰国して、小百合の問題を解決したら、もう一度、船に乗ろうと思っているのですよ」

驚いたのは神川だけではなかった。小百合もまた桃崎の考えを初めて聞かされた様子で、瞳に力を込めて桃崎を見つめ返した。

神川は桃崎に尋ねた。

「また、このツアーに参加されるのですか」

「いやいや、今度は別の豪華客船でのんびり世界を旅したいと思ってね……。小百合がつき合ってくれれば嬉しいですがね」

桃崎は笑顔で答えた。

「驚きましたよ。もう一度、このツアーに参加されるのかと思って」

神川も苦笑いして桃崎を見た。

「何も、急がなくても、そのうち向こうからお迎えがくるでしょう。その時まで逆に楽しめばいいのですから」

「ずいぶん変わられましたね、羨ましいですよ」

桃崎の表情がちょっと硬くなった。

「先生、先日お話ししたように、私は地獄に行かなければならない男です。だったらそれまでは、今の生きている現世が天国ですから……。もし乗船している最中に亡くなったら死体を水葬として深海に埋葬して欲しい」

「海がお好きなのですね……」

「重しを付けて、このまま海に投げ捨てて欲しいくらいです」

桃崎はそう言って、まるでウインクをするかのように目を細め、小さく笑った。

小百合は冗談とも本気ともつかない父の言葉に少し戸惑った様子だったが、何も言わず、黙ったままであった。

「これだけの豪華客船でも、遺体の冷凍保存室はあるようですが、さすがに火葬施設まではないですからね……」

「ところで木島さんの遺体、火葬許可は下りたのでしょうか」

桃崎の問いに、神川は木島憲和のことを思い出した。

「山本君がバリ島で火葬の手配をしたようです」

「木島さんはその後、インド洋にでも散骨するのですか」

「遺骨で日本に帰られるそうですよ。さて、そのあとはどうされるのか……。奥さんに先立たれ、お子さんもいらっしゃらないから、これから先は年々生きていくのが辛くなると、おっしゃっていたそうです……」

神川は木島の自殺願望についてはあえて触れなかった。

「お二人とも、もうそんな話はやめてください」

聞いていられなくなった様子の小百合の声で会話は中断した。

小百合を気遣った桃崎は神川に紅茶を勧めた。

「ダージリンでもいかがですか」

「えっ、はい、いただきます」

桃崎が目で合図すると、小百合が立ち上がって、カウンターに向かった。まぶしいくらいの南洋の陽ざしがラウンジのガラス窓を透過して降り注いでくる。スカートの裾をひらひらと揺らしながら歩いていく小百合の後ろ姿は、足どりもしっかりして、つい何日か前、涙を浮かべ、肩を震わせていた弱々しさは微塵も感じさせなかった。あの夜、一人になったバーカウンターで見せた動揺は今となっては霧消し、跡形もない。

ウエイターに注文している間、桃崎が声を潜めた。

「こんな年になっても、死ぬのはやはり嫌なものですな……。参加する前には覚悟はできていたのにね。小百合のことを想うと特に……」

「それは桃崎さんでなくても、誰でも同じですよ。永遠の別れが楽しいわけがない……」

頷く桃崎に、神川もまた頷き返した。

「いざとなると、一分一秒でも、この世に長くしがみつきたいのは人間の本能なのでしょうね」

桃崎の言葉は神川に向かって発せられているような気がした。

「耐えられない痛みや、息もできないような苦しみ……。そこから解放されるためには死を受け入れるしかない。受け入れるというよりは、諦めるということですよね」

「あきらめか……。先生、それらを判断しなければならない時間は、できるだけ短い方がいいね。気が付かないうちに息が止まり、心臓が止まっている」

「そうです。苦しいことさえ気づかないで逝くことは、尊厳死、いや安楽死の理想の形ですね」

神川が再び大きく頷いた。

「先生も、今回は中止にされたのでしょう?」

桃崎の問いかけに、神川は言葉に詰まった。まだ気持ちの整理をつけきれていないのだ。

小百合がウエイターを連れて戻ってきた。ワゴンの上には耐熱ガラスの小さな紅茶ポットが三つ置かれている。オーダーの問いかけに、まず神川が答えた。

「ストレートで」

「ミルクをたっぷり入れてくれ」

桃崎が身振りを入れて指示する。

「私はレモンティー」

それぞれの個性が表れた紅茶の飲み方だった。

ポットの中で、テトラパックに入った茶葉が溶け出す音など聞こえるはずもない。しかし、ゆらゆらと揺らめきながら琥珀色に溶け出していくのを見ていると、ゆっくりと流れ出すような音を感じるのはなぜだろう。ポットから立ち上る香りによるものなのだろうか。

「ダージリンはうまいなあ……。船旅にはアッサムより、ダージリンが合うよ。つい先日まで、この船に乗る前までは、カウントダウンの音がコツコツと聞こえていたのに、その音が今ではいつの間にか消えている。先生、生きて物を味わえるってことはいいものですな……」

そう言って桃崎はもう一度紅茶を口に含んだ。

その様子を見ていた小百合が嬉しそうに微笑んだ。


その夜、船内にあるビュッフェで簡単に食事を終えると、神川はデッキの最上階にあるバーに向かった。寄港停泊している間は、カードが配られることはない。そう思っただけで心が軽くなった。

今夜は村上もいない。神川はひとりで好きなウイスキーを飲んで眠るつもりだった。もう昔ほど酒は飲めなくなっていた。元気だったころはウイスキーでボトル半分は軽く飲めたものだが、仕事に追われ、酒をじっくりと味わえるゆとりはまったくなかった。いつも何かに追われているような気がしていたのだ。今夜はゆっくり愉しめる時間だけはある。

バーの中に入ると手前から二つ目のスツールを選んで神川は腰を下ろした。目の前には転倒防止の木の柵が酒のボトルを守っている。それがいかにも船の中のバーらしかった。

バーカウンターの中央には、ひとりでブランデーグラスを傾けている中年の女性が座っていた。服装からして船の乗務員なのだろうか。まっ白の制服が似合っていた。赤毛の髪に濃い赤のマニキュアが目立った。

もしかしたら……。彼女こそ自分の最期を委ねることになるかもしれない、この船の専属医師ではないかと直感した。船医はひとりとは限らないが、その所作と風貌からして観光客ではないことは確かだ。

村上の言うような魔法使いには見えないが、鼻が高く彫りが深い。少し酔っているとはいえ眼光は鋭かった。想像通りだとすれば、彼女の仕事の立場を考えると、馴れ馴れしく声をかけるのは憚《はばか》られる。

カウンターに肘をついたまま、話しかけるチャンスをうかがった。

彼女の方から接触してくることはまず考えられない。時折、馴染みらしいバーテンダーと親しく言葉を交わしている。

思い切って神川は自分のグラスを持って彼女のそばまで近づいた。

「香港から乗船しました日本人の観光客ですが、差支えなければ少しお話ししてもよろしいでしょうか」

日本人の英語に振り返った彼女が、少しだけ微笑んで隣の席を指差した。

「ありがとうございます」

神川は隣のスツールに腰かけたものの、どこから話のきっかけを作っていいものか迷った。

「私は神川と申します。職業は医師ですが、医師としてやって来たのではありません」

その言葉に彼女は少し首を傾げたが、反応はそれだけであった。神川はかまわず続けた。

「失礼ですが、この船の専属のドクターですか」

神川の問いに、彼女の表情は急に険しくなった。

「確かに私はドクターですが、それが何か……」

彼女はやはりこのステラ号に所属する船医であった。しかし、山本が仕事として頼んでいる任務は重大な秘密事項に違いない。われわれのツアーの死刑執行人である。何でも無防備に話してくれるわけはない。神川は自分から声をかけたものの、どう切り出せばいいのか、とくに話すべきことがあるのかどうかさえあやふやだった。

彼女は深緑色の瞳で不審そうに神川を見つめなおす。とてもこんな席で打ち解けあえる雰囲気ではなかった。しかし、彼女は神川と名乗る日本人が自分に何を尋ねたいのかは、それとなく理解したようであった。

しばらく考えてから、彼女は返事をした。

「ラウラ・ファン・ハウテンです。よろしく……」

名前からしていかにもオランダ人らしい。神川のテンポに合わせてゆっくりとわかりやすい英語で話してくれる。

流暢な英語であったが、オランダ語をはじめドイツ語にフランス語も堪能であるらしい。これは山本から得ていた情報だった。用心深そうな表情には不可思議な憂いがあった。影でも光でもない何か。表情にこんな深みを湛えた医者を、神川はこれまで見たことがない。しかし、不思議なことに生きることと死ぬことの境界に立っている不安定を、彼女のその深みは鎮めてくれるような気がした。

神川は思い切って核心に触れてみた。

「私は医師としてではなく、患者としてこのツアーに参加しました」

患者という言葉に反応したラウラは、まじまじと神川を見て、納得したように何度か頷いた。

「天国への旅立ちツアー」のメンバーの中に医師がいたことを思い出したようだ。あらかじめ名簿の名前と経歴などを山本から聞いて把握していたのだろう。

それでも次に神川が何を言い出すのか、注意深く待っている。

「私はあなたが医師として行う行為について批判や非難をするつもりはまったくありません」

神川の唐突な言い方にも、ラウラの反応はイエスでもない、ノーでもないものであった。一瞬目を細めただけである。

神川はそれでも一方的に話しかけた。

「肺がんを患っています。現在、脳に転移していて、これから先はどうなっていくのか、医師であってもやはり不安なのです」

気づくとラウラのグラスが空いていた。神川はバーテンダーを呼びよせた。

「こちらのご婦人に同じものを……」

ラウラのグラスにブランデーがダブルで注ぎ込まれる。ラウラはもう一度神川の顔を見た。

グラスを少し持ち上げ会釈してから、グラスに口を付けた。

数秒の沈黙の時が流れた。バーテンダーが気をきかせたのか、生のチョコレートとナッツの入った小皿をカウンターに置いた。

神川はバーボンをロックで頼んだ。黒のフォアロゼが前に置かれる。

カウンターに座っているのは二人だけだ。船は停泊しているのに揺れているような錯覚に陥る。これ以上話すことはないように思えた。ラウラの無反応は恐らく意思表示なのだ。神川はこの死刑執行人と話すことで、自分が何を期待していたのかわからなくなっていた。ただ、同じ医師という職業感性を持ちながら、神川とはまったく異なった使命を負う彼女の考え方が知りたかっただけである。

神川が諦めかけた時、突然ラウラが重い口を開いた。

「人には生きる権利があるように、死ぬ権利もあります。安楽死を手伝うことについては、医師という職業において何らやましい気持ちはありません」

ラウラは深緑色の瞳で神川を覗き込むようにしてきっぱり言い切った。

「それが自殺の幇助になってても構わないということですか」

「尊厳死を実行するか否かは、あくまでも本人が決めることです。あなたも何らかの理由で安楽死を求めて、ここに来られたのでしょう」

「がんの緩和ケアと言いながら、実は苦しみから逃れるため、安楽死を望んで、あなたに自殺の手助けを依頼しているのかも」

「それは考え方の違いで、私はそうは思いません……。時として死ぬ行為には手助けが必要です」

ラウラは少しだけ顔をひきつらせた。

「すみません。ついむきになってしまって。私も先生のお力をお借りするためにここにいるわけですから……」

「いいのです。気にしないで。ところでドクター神川の場合は、中止になさったのでしょう?」

神川は驚いた。実は村上にはダイヤのクイーンと嘘をついたが、カードが最初に配られたとき、神川が引いたのは村上のスペードの二と同じダイヤの二だったのである。その時は躊躇せずにパスした。そのことを知っているような口ぶりだった。

「あの時はあまりにもすぐだったので、覚悟ができてなくて……。でも断念したわけではありません」

ラウラはそれには苦笑いしただけで何も答えなかった。

恐らくラウラは自分の年齢より若いだろう。色白でスリム、そして膨らませた赤毛が彫りの深い顔を縁取っている。しかし手から腕にかけての静脈瘤が年齢を教えていた。それにしても魔法使いは言い過ぎだと神川は思った。

「ドクターの専門は何ですか」

神川の質問には答えず、逆にラウラから神川に質問を浴びせてきた。

「私は内科です……」

「日本は超高齢化社会なのでしょう。生産性がないだけでなく、痴呆症老人の生命を介護と称していたずらに長引かせる行為は、医療人としての矛盾を感じないのですか」

「ヒトはだれでも生きる権利がある」

「それは単なるきれいごとでしょう。痴呆症を患い意識障害に陥った患者を、生かし続けるのが日本の医療なのですか?」

ラウラにも日本の医療制度に対する考えがあったのだろう。ラウラはさらに付け加えた。

「ヒトはだれでも同じように、死ぬ権利もあるでしょう」

「ええ。だから本人の同意があれば、積極的に生命維持装置は使用しませんよ」

「そう言いながら、日本の介護ビジネスは盛んじゃないですか。だから人としてより商品としての価値観で、老人を物として生きながらえさせている」

神川は驚いた。外国の医師が日本の介護医療をこれほどシビアに分析しているとは思いも寄らなかった。外国人の医師から見たからこその意見かもしれない。

「日本の医療行政は古くから保険医療の制度が充実していますから、近年になってからは介護も必要に応じて介護保険から給付されるのです」

しかし日本における介護事情は、胸を張って医療制度を語れるような状態ではないことは神川も知っていた。年々増え続ける介護医療の財政負担は、大きな社会問題になっているのは事実だ。それにもまして介護の人材不足が、新たな問題として浮き彫りになってきた。

「じゃあ、なぜ日本人は安楽死ツアーの企画に、これほど多くの参加者がいるのですか。ドクターもその一人でしょう?」

「たしかに……」

神川は言葉に詰まった。ラウラは今回だけでなくこれまでにも何度か、このようなツアーに医師として参加したことがあるらしい。

ドクターラウラは、たたみかけるように質問を投げかけてきた。

「日本にだって、かつては姥捨て山の風習があったのでしょう。たった数百年ぐらいで、どうしてそんなに変わったのですか」

「よく日本の歴史のことをごぞんじなのですね」

もしかしたら神川が感じるよりももっと、外国人から見た日本の現状はいびつに見えるのかもしれない。

「日本は、本当に老人に優しい国なのか私は疑問に思っています。介護を担う人材が足りなくなると、発展途上国から移民ではなく一時的に他国の若者の労働力を借りる。何年間か働かせた上で日本語での試験でフィルターをかけ、落伍者は簡単に追い出す。たとえ合格して家族を呼びたくても許可が下りない。期限付きで途上国の若者を利用しているだけじゃないですか」

酔っているのか、ラウラの言い分は少しずつ詰問調になっていた。

「そうかもしれません……」

神川は素直に謝った。

むきになって言い過ぎたと思ったのか、ラウラは表情を少し緩めて口元を綻ばせた。

「もう一杯ご馳走させてください」

ラウラのグラスが再び空になっているのを見て神川がブランデーを注文しようとしたが、彼女は「ありがとう。でも結構よ」と言って軽く手で制した。

このドクターなら安楽死の実行には適任かもしれない。

決心さえつけば素直に任せればいい。彼女なら必要以上の感情を表すこともなく、静かに事を実行するだろう。それもまた、死を看取るひとつの医師のあり方なのか。

ラウラは腕時計を見ると、何かを思い出したように席を立った。

「ドクター神川、あなたは私のサゼッションなんか必要ないでしょう。患者として死ぬ瞬間がやってくるまで生き続けるだけですからね。それは今日でないことだけは確かだから……」

ドクターラウラ・ファン・ハウテンはそう言い残してバーを後にした。

医師としての視点で話しているつもりでも、がんという現実から逃げ出そうとする脆弱な心を、ラウラに見抜かれている気がした。

夜遅くになってから、添乗員の山本が木島憲和の遺骨を抱いて、ステラ号に戻ってきた。バリを離れるのは明後日である。神川にとってはそれは静かに過ごせるとても贅沢な時間だった。

ラウンジに座って日本の雑誌を読んでいた神川を見つけると、山本が近づいてきて一礼した。

神川は立ち上がって遺骨に向かって手を合わせ黙礼した。それから、ご苦労さまでしたと山本をねぎらった。

「死亡診断書があっても、遺体で入国するにはまた別の許可がいります。手続きが思いのほか大変でした」

骨箱を抱えた山本の表情に疲労の色がにじんでいる。

「他国で死亡した場合、日本での病死による埋葬許可と違って、遺体の処理によっては法律が異なるからね」

神川は話しながら山本に座るように促し、自分もまたソファーに腰を下ろした。

「ステラ号から下船して入国を希望する観光客も、岸壁に接続する小型の船に乗り換えての上陸ですからね。棺での移動からして許可がいるのです」

「大使館に連絡していても、地元の行政機関ではまた違った判断をするでしょうしね……」

山本は思い出したように苦笑いした。

「そんな時はどうするのですか」

「結局はお金で解決するんですよ。入国管理局の役人は日本の警察と違ってあいまいですし、それに権限が彼らに委譲されていることもありますからね」

このツアーの料金の高さにはそうした繁雑な一切合財の処理代も含まれているらしい。


神川は小森会長から誘われた、上海料理の店「夜上海」イエションホイの宴会を思い出していた。

「小森会長主催の宴会のことを思い出しますね」

「木島さんは、はじめは行かないとおっしゃっていたのですが、何とか説得してお連れしたんです」

「埋葬の話は覚えています……。木島さんの覚悟は最初から最後までまったく揺らぐことはなかった……」

「そうです。安楽死については何の問題も起こりませんでした。旅立たれた後も綺麗なお顔で安心して眠っていらっしゃるようでした」

神川は大きく頷くと、それ以上の木島に関する話題は避け、話を変えた。

「ところで、偶然ですが、バーでドクターラウラに会いしました」

山本がちょっと困った表情で神川を見た。

「何かございましたか」

「いやいや、大丈夫です。外国人医師の安楽死に対する考え方も知りました」

山本は、今度は驚いたような顔つきに変わった。

「これからの仕事に支障があると困るのですが……」

「いや、それはないと思います。彼女はなかなかの人物ですね。ひとつの信念を持って行動している。はっきりとは言わなかったですが、この仕事をするのは我々のツアーが初めてではないでしょう？」

山本はその質問には答えず話題を変えた。

「オランダにはかつて『尊厳死』が許可された施設があったそうです。ホスピスなのか病院なのかはわかりませんが、今ではおおやけには存在しません。そこの病院にラウラ先生が勤務されていたとは伺っています」

神川は、その説明では自分の質問には答えていないと思ったが、あえてツアーの前例について触れるのはやめることにした。

「オランダのドクターから見れば、日本の介護医療は異常に見えるらしい」

「若輩の私が言うのもなんですが、日本はお年寄りの国ですから、これからも介護医療がますます増加しても仕方のないことだと思います。しかし、それよりもこういうツアーの参加者が増えているのは事実ですから」

「それってやはり異常だと思いませんか」

「神川先生、望まれる方がいらっしゃる限りコンプライアンスを守ってお手伝いするだけです」

「君たちもそれにあやかって、ビジネスに結び付けている……」

まるで他人事のように話す山本の言い様がおかしくて、神川はからかってみるつもりで突いてみた。それを聞いた山本は「はあ」と言ってかしこまり、黙ってしまった。

神川は、この添乗員の不器用な真面目さを好ましく感じた。彼がどのような経緯でこの仕事についたのかは知らない。だが、今の彼の生きるためのよすがが、他人の安楽死を補佐することであるという現実に、何らの疑念がないとは言い切れない。

「アンダーグラウンドの世界で生きることは、普通の生き方より何倍も苦しいだろうね」

神川が言うと、山本は何のためらいもない素振りで否定した。

「いえ、僕はこれがアンダーグラウンドの世界だとは思っていません」

もしかしたら、この仕事に対する迷いは、神川が想像していたよりもないのかもしれない。

「悪かったよ。僕もツアーの参加者なんだから……。君を非難する資格はない」

神川は面白半分にからかったことを素直に詫びた。

「いいのですよ。いろいろありますから……」

そんなことは慣れっこだと言わんばかりに、山本はぶるぶると首を振った。

「明後日には、このバリ島から出港します。そして最後の寄港地は韓国の済州島です」

「それでいいよ、次は日本の横浜か……。ひとつお願いがあるのだけど」

「何でしょう」

あらたまった神川の表情に覚悟が滲んでいる。

「ここバリ島を出発したら、僕にもカードを配ってくれないか」

「えっ、いいのですか?」

「ああ……」

これから配られるカードは人数が少なくなっただけ当たる確率は高いはずだ。もし引き当てたら、それはその時決めればいい。もう一度、自分の覚悟を確認しなければならない。それがこの船に乗った意味であるような気がした。

第九章

病葉《わくらば》

小森が奥村を船内で見かけたのは、翌朝のことである。

乗船客の大多数がバリ島の観光に出かけており、人影はまばらで、船内は閉店時間を過ぎたデパートのように静かだった。

バリ島観光の予定がない小森が船内にあるシアターの前を車椅子で通りかかった。中を覗き込むと、上映されていない閑散とした劇場の座席にひとりで座っている奥村を見つけた。小森は車椅子を内山に合図して、奥村に近づいて行った。

「奥村さんは船を降りてバリ島の観光には行かなかったのですか」

小森の声かけに、奥村は表情を曇らせた。

「ええ、観光する気にもなれなくて……」

奥村は、他の参加者とはまた別の問題を抱えていた。

多額の保険金を自分にかけ、かき集めたお金でこのツアー代金を払って参加したのだ。保険金を受け取るためには二年間の掛け金の支払い条件がある。したがって二年が経過し、その期間の支払いが終了していない場合、自殺しても保険金は下りない。しかし事故死や病死であれば保険金の支払いには該当する。奥村がこのツアーを選んだ理由もそこにあった。

すでに持ち合わせの金は底をついていた。香港を出てからすぐにでも安楽死の指名があるものと考えていたのに、カードの優先権は奥村には回ってこなかった。だが、その胸中は複雑だった。

奥村の表情から、ツアーに参加した大体の事情は小森にも想像できた。

ツアーの参加に至った身の上話など聞くつもりはないが、悲壮な雰囲気は奥村からはまるで感じられなかった。電池の切れたおもちゃのようなその態度が、小森には不愉快だった。

濁った目をして、この場所に居座っている奥村の存在自体に違和感を覚えた。

小森は静かに奥村に語りかけた。

「しかし奥村さん、今日、こうして、『おまんま』が食べられるのは、実に愉快なことですな……」

小森の言葉に奥村は驚いたように顔を上げた。傍らには車椅子を押す内山が無言で立っている。

自分をじっと観察しているような小森の視線に、奥村は一瞬怯んだような表情を見せたが、すぐに言い返した。

「お言葉ですが……。飯が食べられることが、美味いとか、嬉しいとか、満腹感で幸せならわかるのですが、何故それが愉快なのですか」

奥村は小森会長のことを新聞やテレビで見て知っていた。どんなニュースで見たのだったか。その小森が、何故このツアーに参加しているのかわからない。

「愉快じゃないですか。ゆっくり噛んで味わう、旨さが口中でジワーっと広がる楽しみ、そして唾液によってこなれた食べ物が喉をすーっと通っておりていく感触」

「…………」

なんだ、そんなことかと奥村はがっかりした態度を示した。年をとると食べ物に執着する。この小森会長もその類なのだろう。

自分はまだそんなに老人ではない。

だが、奥村の考えていることは、小森にはお見通しだった。

「旨いものを旨いと感じるのは、口に入った食べ物が食道を通過して胃に到達するまでのことですがね……。年をとると美味しいものは口ではなく、喉や食道や胃で感じるようになる」

小森の理屈っぽい説明に、奥村は小森が何を言いたいのか理解に苦しんだ。側に立っている内山は会長の話には一切口を挟まないどころか、身動きすらほとんどしない。この男は一体小森の秘書を何年やっているのだろうと、奥村はふと考えた。二十センチと離れていないところに立ちながら、その存在を少しも感じさせない。こんなふうに、生きながらにして存在を消すという方法もあるだろうかという思いが頭をかすめた。

小森が、眉をひそめる奥村を見て再び問いかけた。

「奥村さんは迷っている？」

「それは……。でも尊厳死を覚悟して参加したのだから、私は死ぬことに迷いはありません」

奥村はきっぱりと否定した。でも視線は、小森の鋭い眼に合わせられなかった。

「なるほど、でも無理しないほうがいいよ。ツアーに参加したことを後悔しているのなら、計画をやめて日本に帰ればいいことだから」

「お心遣い、ありがとうございます、会長。ですが、そんなに簡単にやめられるものならこんなにも悩みませんよ。もう地獄の日本には戻れないんです」

「うむ。それは奥村さんが日本を地獄に変えたのでしょう。もっと前はそうではなかったはずだが……」

もちろん、そうではなかった。小森の言うとおりである。誰のせいでもなく、自らが引き起こしたことだ。

「おっしゃるとおりですよ」

奥村の声が心なし穏やかになったようであった。

奥村は事業に失敗、会社が倒産した。祖父の代に創業した老舗和菓子店であった。店は盛業であったにもかかわらず、奥村が信用貸しのファンドに手を出してから歯車が狂った。最初は良かったのだ。カンは冴えていた。これと思いついたファンドが大当たりした。ビギナーズラックというのか、レバレッジで儲けた一千万の投資が、あれよあれよという間に三千五百万になったのである。そうなると菓子ひとつ二百五十円で売る商売は馬鹿馬鹿しくなってしまった。一個の儲けは百円にも満たない。もっともっとと思う気持ちが転落の始まりだった。

菓子職人としての自信も失い、笑顔が消えていた。身体を動かさないからだろうか、いつの間にか体重が八キロも増えた。

もう亀裂の入ってしまった家族も、暖簾も取り戻すことはできないだろう。自らの死と引き換えに取り戻せるものなど何もない。信用取引に手を出し、損失が膨らみ、焦れば焦るほどどんどんカンは鈍っていった。それでもたまに当たるのがまたいけなかった。よし、と思ったらまた大損をした。気がついた時には火だるまになっていた。

保険に入ったのはそんな時だ。どうして自分がこんなありふれた転落のスパイラルに陥ってしまったのか、自分でも不思議な気がする。まるで陳腐な三文小説の下手くそなストーリーじゃないかと思うと笑えてきた。それでも途中でやめられなかったのは、どうにも自分の弱さがあったように思う。何とかして自分で穴埋めをしようとしたし、その時その時で、穴埋めできると錯覚したこともあった。常に冷静に判断しているつもりでいた時、すでに正常さは失っていたのだろう。だが、もう何もかも戻ってはこない。

ある日、突然その瞬間はやってきた。この自分の愚かさを優しく笑ってくれる人ももう誰もいないのだと気づいてしまったのである。それは奥村にとって絶望という病であった。店舗は差し押さえられ、サラ金に追われたため家族は家から出て行かせ、妻の実家に帰らせた。借金だけが彼を追い詰めた。

自殺ではない死亡診断書が奥村には必要だった。

「会長、僕にはこれしか道は残っていないのです」

「じゃあ、一刻も早く安楽死を決行した方がいいですよ。気楽に構えれば苦しくもなく楽にあの世に連れて行ってくれるから問題ない」

「そんな……」

奥村は、小森のストレートなものの言い方にさらに顔を曇らせた。ぐずぐずしないで早く安楽死を実行しろ、などと他人に急かされることにはやはりまだ抵抗があった。

だが、同時に、何かもっと別の意向があるのだろうかという気もした。たとえば冷たく突き放すことによって何か人間らしい感情を呼び起こさせ、前向きな気持ちにさせたいというような。何故なら、小森は、そんな冷酷な言い方をしながら、口元あたりに穏やかな笑みを浮かべていたからである。

奥村は逆に聞いてみた。

「そういう小森会長は、どうされるのですか」

「私はすでに中止を申し入れたよ」

にこやかな笑顔であっさりと小森は答えた。

「何故ですか。ここまできて……」

小森のあまりにも軽い口調に、奥村は唖然とした。

「何故って、別に死ぬのが怖いわけじゃないが、まだやり残したことを思い出したからね。それを終えたらまた参加するつもりだ」

尊厳死という重い課題を、こんなにも軽く受け流しても許されるのだろうか。

奥村はその言い方に少なからず反感を覚えた。

「そんなに簡単に気持ちがコロコロと変えられるものですか」

奥村の挑発にも小森は動じる気配はなかった。

「簡単だよ。忘れ物を取りに帰るようなものだから……」

「そんなに大切なものなのですか」

「大事なことだよ。私にとってはね……」

小森がからかっているわけではないことだけは奥村にもわかった。軽い調子ではあったが、目はまっすぐ奥村を見据えていた。

「奥村さんはこの瞬間でも迷っている。迷ったらやめた方がいいよ。誰だって死ぬのは怖いからね。自分は往生際が悪いなんて考えないのが自然だ」

「往生際ですか……。切腹したくとも竹光では腹は切れない」

「覚悟があるなら、鋭い切れ味の日本刀を貸すよ」

あくまでも背中を押そうとする小森の言葉に、奥村は黙り込んでしまった。

内山が小劇場の外にあるスタンドまで行って二人分の紅茶を注文した。むろん小森の指示があったからだ。

奥村はミルクを入れて、カップを口に運んだ。熱い液体がこわばった心を少しだけ溶かしてくれる。

「小森さん」

奥村はもう会長とは呼ばなかった。

「安楽死を選択するに至った事業の失敗は……、つまり自分のケツは自分で拭けということをおっしゃりたいのですね」

「そんないまさら、自分では拭けないからここに来たのでしょう。そうじゃないですか」

いちいち気に障る言い方をする老人だった。だが、図星であるがゆえにいっそう攻撃的な言葉には威力があった。

「そのとおりです。正直なところ、ここに来て逃げ出したい気持ちもないと言えば嘘になります。何故ですかね。ずっと海の風に吹かれていると、生きることの孤独も恐怖もなんだか薄らいでいくような気がするんです」

「逃げ出せばいいじゃないか。このまま悶々とした気持ちで日本に帰っても首を吊る決心はつかないでしょう。まあそういう選択肢もあるが……」

「首を吊れるぐらいならとっくに吊っていますよ。日本で自殺しても保険金は一円もおりない」

ペロッと奥村の本音が出た。

大きく頷いた小森はストレートの紅茶を口に含んだ。奥村は唇をかんだ。再び沈黙が流れた。

小森は、「正直ですな」と言ってまた微笑んだ。

「生命保険の保険金を二年間も払い続ける金がない……。しかもそんなに待ってはいられないんです。このツアーなら安楽死で病死の死亡診断書がもらえるでしょう」

「それはもっともな理由だ」

「………」

「生きるも死ぬも、地獄の沙汰も、何もかも金次第ですか」

奥村は頷いて頭を垂れたまま考え込んだ。本当にそうだ。地味な菓子職人だった自分をいい気にさせ、人生を狂わせたのは紛うことなく金そのものであった。

「お金があったら、すぐにでもここから逃亡したい。それが本音ですよ」

「お金があって逃げ出しても保険金は下りませんよ」

「取りあえずここから逃げ出したい。トランプカードの入った封筒を受け取り、開封するたびに恐怖で震え上がる。おかしいでしょう。あんなに追い詰められてツアーに参加したんだ。生きることが怖かった。なのに、今は死ぬことが怖いなんてお笑い種です」

奥村は自虐的な笑みを浮かべた。だがこの時小森から笑顔が消えた。真顔になって奥村の瞳を覗き込んだ。

「では、奥村さん。お金を貸しますからお逃げなさい。バリ島はもう一日停泊しますからチャンスですよ」

「まさかそんな……。それに、もし借りても返す当てがない……」

「何日か何か月か、はたまた何年生き延びられるかわからないが、あの世に行った時に、わたしを見つけて返してくれたらいい」

奥村は、えっという表情をして目を見開いた。

「本当にお金を貸していただけるのですか」

「貸すと言っても返す当てがないのだから、便宜上貸すと言っただけです。もちろん奥村さんの多額の借金を肩代わりするつもりはありませんよ。今日逝くことをためらっているから明日に延ばすだけです。それでもいいですか」

小森は念を押した。

「ええ……」

小森はメモ書きを内山に手渡した。内山が何かを言おうとしたが、小森は遮った。内山は小森を残し、シアターから足早に出ていった。

言葉の勢いとはいえ、奥村は多少後悔していた。五万、十万の金を恵んでもらっても、バリ島での逃亡生活が足りるわけがない。二、三日の逃避行の軍資金なら焼け石に水だ。逃げてどうするのだという新たな不安が襲ってきた。

「バリ島に逃亡してからのことはお聞きにならないのですか」

「それは奥村さんが決めることで、私には関係ないし、興味もない。明日、奥村さんが生きていることだけが大切なのだから」

「明日だけですか……」

しばらくして内山が戻ってきた。手には大きな紙袋を抱えている。

「じゃあ、これで明日まで生き延びることができます。その得られた時間で、また次の明日を生き延びる手段を考えなさい……」

そう言って小森は奥村にその紙袋を手渡した。奥村はその袋を開けてみた。中には太い麻縄のロープが入っている。

「これは……」

「明日になって明後日がくるのが嫌になったら、これで首を吊るといい。一瞬苦しくても、すべてを清算して、この苦しみから解放してくれるはずだ」

小森の言葉に、奥村は取り出しかけていたロープを慌てて紙袋に押し戻し、内山に返そうとした。よく見ると紙袋の底にはもうひとつ分厚い茶封筒が入っていた。

躊躇する奥村を見て小森が言った。

「中を確かめてもいいよ。充分じゃないが、それで明後日までは生きられる」

茶封筒から帯のかかった百万円の札束を取り出した奥村の目が輝いた。しかし、札束の帯を外してまで数える仕草を見て小森は笑い出した。

「詐欺じゃあるまいし、中身は新聞紙じゃないよ」

「あっ、すみません」

立ち上がって頭を下げた奥村は震える手指で、慌てて札束を袋にねじ込んだ。しかし、感激する様子はなかった。何故ならこのツアー旅行のためにサラ金から借りた借金を返すには半分にも満たなかったからだ。

しっかりと茶封筒を握りしめる奥村に小森は目もくれなかった。

「じゃあ、この世でもう会うことはないでしょう。さようなら」

「……、すみません」

その言葉が奥村には精いっぱいであった。奥村は恥ずかしそうに袋を抱え込み、背中を丸めて何度も何度も頭を下げた。

その奥村の姿を振り返ることもなく、小森を乗せた車椅子はシアターを離れた。

「会長、これでいいのですか」

車椅子を押す内山が小声で小森に問いかけた。

「ああ……。これでいい。明日までだから……」

「奥村さんは、バリ島で船を降りるのでしょうか?」

「おそらく、降りるだろう……。そしてここには二度と戻ってこない」

ここで会話は途切れた。

その夜のことだった。神川が腕時計を見ると十時を過ぎていた。バリ島停泊の最後の夜である。ゆっくりと揺れていない船内で過ごしたかった。呼吸はじっと静かにしていると、空気の出入りにはまだそう差し障りはない。海からの潮風が適度な湿気を含み、心地よかった。砂漠の乾燥した空気なら一時間と持たないだろう……。

この日一日、ほとんどを部屋の中で過ごした神川は夜になってから気分転換に部屋を出て、船内を当てもなく歩き回った。また戻ろうとして廊下を曲がると、神川の部屋の前で誰かが立っていた。眼鏡をかけていたがすぐに小百合だとわかった。

「どうしたの、こんな時間に……」

小百合は思いつめた表情で何かを神川に訴えていた。

「何かあったの。僕の部屋でよかったら中に入りますか」

小百合は黙って頷くと、神川に続いてすっと部屋に入ってきた。スレンダーな身体に似合った白のTシャツにブルーの麻のパンツ姿だった。やや緊張した小百合の面持ちにぎこちなさを覚えた。

「ハイネッケンのビールしかありませんが、少し飲みますか」

「ええ……いただきます」

神川は備え付けの冷蔵庫から缶ビールを二本取り出した。小さなテーブルに置き、向かい合って座る。小百合の指先が微かに震えていた。

「よかったら何があったのか教えてください」

呼吸を整え、小百合は話し始めた。

「さっき、突然、談話室で知らない年配の香港の方に話しかけられたんです。周さんと名乗ったその人は、いきなり私にとてもよく似た人を知っているとおっしゃって」

「似た人……」

「ええ。三十年ほど前に知っていたある女の人が私にそっくりだったそうなんです。そしていろいろ聞かれているうちに、それが私の本当の母なのだとわかりました」

「お母さんですか」

神川は肩に入っていた力が抜けていくのを感じ、缶ビールに口をつけ、喉を潤した。

「母の名前は東野真知子。当時夫であった東野時雄さんとは仕事仲間でよく知っていたと」

そこで小百合の言葉が急に途切れた。それからその男が何を話したのか、おおよその見当はついた。桃崎秀明から聞いた話だけがすべて正しいとは限らない。香港島の道教寺院マンモウミウで見せた桃崎の祈る姿が脳裏に浮かんだ。

「それで、その周さんは何と」

その問いにも、小百合は考え込んだまま、沈黙の時間が流れた。何をどう言えばいいのか逡巡しているように、視線を下方に向けてさまよわせている。神川もまたじっくりと待った。やがて、思い切ったように小百合が口を開いた。

「東野時雄さんとは仕事だけではなく仲の良い友達でもあったそうです。その時雄さんが自殺を……。上司であった桃崎の父のことは良く思っていなかったようです」

神川はしずかに小百合の言葉を飲み込んだ。

神川にはわからない、そしてほかのだれも踏み込むことのできない深い事情がそこには厳然と横たわっているということが伝わってきた。

再び小百合の言葉が途切れた。

神川はじっと小百合をみつめながら小百合の次の言葉を待った。神川は缶ビールをもう一本冷蔵庫から取り出した。小百合がゆっくりと顔を上げた。

「私が四歳の時、母が亡くなってから、桃崎の次男重孝の養女として引き取られました。とても愛情豊かに大切に育ててくれたことは本当に感謝しています。だけど運命なのか、その養父重孝も飛行機事故で他界してしまったのです」

また少し間があった。次に小百合の口から出た言葉は意外なものだった。

「神川先生、父の桃崎秀明が、祖父ではなく父であることは実は以前から知っていました。内緒で遺伝子の検査をしたんです。小さい時からいつも何かと助けてくれて、ずっと、もしかしたらと思っていましたから。果たして父が東野時雄さんに何をして自殺にまで追い詰めたのかはわかりませんが、母は不倫であったとしても桃崎の父を愛していたと思っています。私を産んでよかったと周囲の人に漏らしていたそうです。もしかしたら私を出産したことが、母の命を縮めたのかもしれませんが」

「…………」

神川は二度ばかり大きく頷いた。

「ここで父秀明を責めても、母は喜ばないと思います。父もまた苦しんできたはずです。今は尊厳死で死ぬことを選択した父の気持ちもわかるようになりました」

小百合はそこで泣き出した。

神川は動かずじっと泣きやむのを待った。

「天国への旅立ちツアー」は計画通りにはいかない。翌日、インドネシアのバリ島を出港する時刻になって、また脱落者が出た。

奥村弘貴が船を降りてバリ島のヌサドゥアビーチに向かったことは確かである。しかしそれからが行方不明である。出港の時間がきてもプリンセス・ステラ号に戻る姿はなかった。

そんなことはまるで気にしていないような態度で、添乗員の山本は粛々と事務的な手続きを進めていた。

「また一人、船を下りられたそうですね」

神川は訊ねた。

規則にのっとった診断書が出ていたのかどうか、首肯する山本にさらに神川は質問を重ねた。いなくなった奥村が時折り見せた暗い影のようなものが、いなくなってみるとひどく気になるのだった。

山本は一瞬困った顔をしたが、もう戻ることのないであろう奥村のことだ。診断名くらいは明かしてもよいだろうとポケットから手帳を取り出し確認した。

「診断名はパーキンソン病です。それに脳動脈硬化性痴呆とも……」

意外な答えだった。そう言えば奥村には前かがみになった特徴的な歩き方があった。しかしパーキンソン病だけで尊厳死の適応にあてはまるだろうか。安易に付け加えられた痴呆症という診断も疑わしい気がした。

「そうですか」

本当だろうかという疑念は拭えなかったが、確かめる術もなく、また実際どうであろうと、それも何の意味も持っていないのだった。


バリ島を出発したプリンセス・ステラ号は、次の寄港地である韓国の済州島に向かっていた。二日間かけてゆっくりと進む洋上生活は比較的平穏で快適だった。残った六名のツアー客のうち、谷口夫妻を除く四名にカードの入った封筒は予定通りに配られた。自分の意志で選ぶシステムだが、カードはいらないとはっきり意思表示をしない限り、すでに安楽死を断念したメンバーにも封筒は回ってくる。

船旅が続く限り、突然気が変わることもないわけではない。しかし神川の気持ちは揺らいだままだった。安楽死を得る最後のチャンスだと考えれば考えるほど焦り迷った。ベッドに横たわると息苦しさが増した。少しずつ肺の機能が低下してガス交換が十分できなくなっているからだ。かけ毛布を丸め背中にあてがい上半身を起こした。起坐呼吸にすると楽になった。呼吸困難はやや改善されて楽になっても、眠りにつくことができない。

この夜に引いたカードはクローバーの八である。決められたとおりの業務をこなしている山本に連絡すれば、済州島に着くまでにドクターラウラは安楽死の決行に応じてくれるかもしれない。

しかし、家族との約束を破り遺体で対面することが、正しいのかどうかわからなくなっていた。なぜ、神川が抗がん剤を拒否してまで安楽死にこだわるのか。健康診断で肺がんが発見された時、細胞診でそのがん組織が小細胞未分化がんであると特定され、すでに鎖骨下リンパ節にも転移巣が見つかった。その後、病状は進行し脳転移が確認されたことが安楽死の選択に至った決定的な要因である。医師として何人もの壮絶な肺がん患者を看取ってきた……。どこのがんであってもその末期には阿鼻叫喚の世界が待っている。

長くてもあと半年、それが神川に残された時間だった。

第十章
ハレー彗星

結局、バリ島から済州島に向かうまでは一人の執行もないまま、ツアーの最終寄港地である済州島の港が見えてきた。韓国の済州島から横浜港に入港するまでには一日かかり、その夜に最後のチャンスが残されている。

済州島に寄港する朝になって幸子が慌ただしく神川を探していた。

朝食を簡単にすませ、自分の部屋に戻った神川を待ち構えていたように、ドアーをノックする音がした。シーツの取り換えは終わっている。

チェーンを外し、ドアーを開けると、そこには幸子が立っていた。眉根に縦に二本のしわを寄せている。困った時の幸子の表情であった。

「先生、次の寄港地である済州島でいったん船を降りていただけないでしょうか。お願いします」

深々と頭を下げる幸子に、神川は思わず聞き返した。

「どうしてですか。済州島でも観光はしないつもりです」

神川は自分の意志をはっきりと伝えた。

だが次の幸子の言葉は神川にとっては衝撃であった。

「実は済州島の港に、奥さまとお嬢さまが来られているのです」

「えっ……」

船室につながった電話の一件以来、もしかしたらと考えてみないことはなかった。寄港のスケジュールぐらい簡単に調べがついたのだろう。だが、それが現実となってみるとやはり動揺してしまう。どうすればいいのかを考えてみると、結局、電話で話したことを繰り返すしかないように思われた。言い訳に多少の食い違いが出てきても、シラを切るしかない。もちろん、この期に及んでしまってはもう逃げ出す場所もないのだ。

神川は幸子に即答した。

「わかりました。用意します」

興奮すると息苦しさが増した。幸子に状態の悪さを覚《さと》られたくはなかったが、呼吸は小刻みになり肩が震えがちになる。

「そうしてください。すぐにもこの船に乗り込んでこられるような勢いですから……」

心の準備もないまま神川は幸子の指示に従った。家族にどう思われようが、なるようにしかならないと覚悟を決めた。

「すみません。先生にお電話をしたあと、奥さまから私のところにも電話がかかってきて、どうしてもと言われて寄港の日程をお伝えしてしまいました……」

幸子が深々と頭を下げた。

「何度も謝らないでいいよ。すんでしまったことだ、今さら元には戻れない」

神川が考えていたのは、合わせる顔などあるはずがないのに、どんな顔をして会えばいいのかということだけであった。

大きな汽笛を鳴らしながら、プリンセス・ステラ号はゆっくりと韓国の港に着岸した。

頬をなでる風がバリ島と違って冷たかった。デッキからタラップに向かうと、フェンスに乗りかかるようにして手を振る娘の麗子の姿が目に飛び込んできた。

妻の真知子の姿もあった。入国係官にパスポートを提示する。

「おかえりなさい……」

夫、神川の姿を確認するや、真知子の目から涙があふれた。

「お父さん、心配したわ！　私たちに黙って旅に出るなんて、ひどい……」

娘の麗子は叫びながら、済州島の地を踏んだ神川に飛びついてきた。

麗子の体が重くのしかかって神川は思わずよろけそうになった。真知子は、言葉に出して雄一郎を責めることはなかった。病気のことを気遣ったからであろう。

神川は素直に謝ることにした。だが、真知子や麗子の喜びようとは裏腹に、数日前、もう永遠に会えないと覚悟したはずの家族に再び会えたというのに、想像していたほどの大きな感激は湧きおこらず、思いのほか冷めた自分がいることに神川は驚いた。

安楽死を決行できなかった未練が神川を襲った。

末期がんに対しては自分だけが安楽死で最期を迎えれば、それでいいのだと思っていた。冷めた気持ちと同居するようにして、妻と娘の涙を見るのはつらく、胸にこたえた。自分の考えはあるいは間違っていたのかもしれない。頭の中を駆け巡ったのは、誰のために生きるかではなく、誰のために死ぬかという疑問であった。

「すまなかったね……」

神川にはその言葉しか浮かばなかった。

「和樹もいっしょに来たがったのだけれど、期末試験なので断念させました」

「そうか……」

「迎えに来たのだから、お父さんもいっしょに日本に帰ってくれるのでしょう?」

単刀直入に聞いてくる麗子にたじろいで、すぐには答えてやれない。

「もうあと三日もすると横浜だから……」

歯切れの悪い言葉だった。

「そうかあ……そうね。私もこんな豪華客船に乗ってみたい。いいでしょう? お母さんもいっしょに、お父さんとこの船に乗って日本に帰りましょうよ」

麗子の言葉の攻撃に神川は防戦いっぽうになった。

「急にそう言われても……」

神川は困惑したが、真知子の態度には余裕があった。どうやら神川の気持ちはすでに読み取られているようだった。

真知子は泣きながらも笑顔を見せた。

泣き笑いになった真知子の表情は神川の気持ちをやわらかくした。だが、家族の前で涙を見せるわけにはいかない。そればかりか、笑顔をつくることはもっと難しかった。

「お父さんには悪かったのだけれど、ツアーの企画会社に頼み込んで、韓国の済州島からでもいっしょに船に乗せてもらうように無理やり交渉したの」

「それで許可が下りたの？　チケットがよく手に入ったね」

真知子はハンドバッグから、得意そうに乗船切符を取り出して見せた。

「添乗員の菊池さんも協力してくれたのよ」

振り向いて幸子の方を見ると、幸子はちょっと困った顔をして下を向いた。

「これからは、お父さんをひとりにしないから」

麗子はまるで、遊園地の遊覧船に乗るような明るい表情で父親の腕をとった。つとめて明るく振る舞うことで、麗子なりに父親の病気を気遣っているのかもしれない。

神川は喉の奥から湧き上がってくる空咳を必死でこらえた。家族の想いと病気の進行とが、神川の胸をいっそう締め付けた。

「せっかく韓国に来たのだから、何か美味いものでも食べに行くか」

神川はできるだけ平常で元気な姿を見せようとした。麗子がニッと愛らしい笑顔を見せた。

その時、桟橋に谷口耕作、冬子夫妻が通りかかった。谷口夫妻が元気に観光に出かけようとしている姿を見て幸子はほっとした気持ちになった。

すかさず幸子は谷口夫妻に声をかけた。

「谷口さまもごいっしょに美味しいサムゲタンを食べに行かれませんか、今、神川先生もお誘いするところです」

冬子は神川が家族連れであることに驚いた様子だった。そばにいる中学生らしい女の子はおそらく娘さんなのだろう。子供ができなかった冬子には羨ましい光景であった。

夫の耕作の方を見たが、夫のほうはただあいまいな表情を浮かべているだけで、食事に行きたいとも行きたくないとも明確な意思は示さない……。忍び寄る夫の認知症の影を読み取れるのはこういう時だ。

「ごいっしょできるなら、ぜひ連れて行ってください」

夫の意見を確認しないまま、冬子は同行を願い出た。そして神川のほうを見て目礼した。

「神川先生、私たちがお邪魔でなければぜひご一緒にいかがですか」

神川は首肯した。真知子も麗子も父親に従った。

港では観光客目当てに何台もタクシーが並んでいる。幸子は有名な高麗参鶏湯の店の案内を買って出て、二台に分乗させて繁華街に向かった。

十分も走ったであろうか、雑然とした繁華街の中に高麗参鶏湯の店はあった。

席に着くと幸子は参鶏湯とチヂミを韓国語で注文した。麗子は興味津々で店の奥を覗き込んでいる。

「すごいですね。韓国語も話せるのですか？」

真知子も感心したように尋ねた。

「韓国語は旅の日常会話ぐらいですけれど……」

間髪入れずにテーブルに水キムチが運ばれてきた。赤く染まった水の中にぷかぷかと大根が浮いている。

本場韓国の味に、麗子が感嘆の声を上げた。金属の丸い箸で口に運ぶ。

「歯応えのよい大根ですね。さっぱりした味だわ」

しばらくすると、グツグツと煮えたぎるような土鍋が次々と運び込まれた。中には真っ白な丸裸の鶏が一羽ずつ入っている。

「すごい、大きい」

今度は冬子が土鍋を覗き込んで驚いた。

「中には高麗人参、鹿茸、なつめ、松の実、カボチャの種など、確か三十種類以上の材料を入れて十時間以上煮込んで作ったスープです」

「まるでお店の人みたい」

幸子の説明に麗子が目を丸くして言った。

「ここには何回か来たことがあるもので……」

みんなの驚きに、少し照れたような表情で幸子は答えた。

丸ごとの鶏に手を焼いていると、店のおばさんがテーブルにやって来て、スプーンで鶏を十字に切って軟らかい肉をほぐし始めた。中からもち米が出てきた。全員の鶏が手際よくさばかれた。

「骨はこの壺の中に入れてください」

幸子の指示で、熱々の参鶏湯を小皿に取り分け、塩を少々かけてから口に運んだ。大勢でテーブルを囲み本場仕込みの参鶏湯の白濁したスープをすする。具はほろほろと柔らかくとろけるようだ。しかし、神川だけは食欲がなかった。むせ返るような高麗ニンジンやパクチーの臭いが鼻粘膜を刺激する。気づかれないように笑顔でスープを少し口に運んだ……。

数時間が経って幸子たちは港に戻ってきた。香港以来、初めてと言えるなごやかな食卓を囲んでの美味しく温かい参鶏湯で、体も心も温かくなったようだ。

その時一台のタクシーが、プリンセス・ステラ号の桟橋に到着した。車内から山本が降りてきた。ターミナルの入口で行き合うと、山本は神川とその家族の姿に少し慌てたようであったが、両手で包むように持った骨箱は隠しようもなかった。心ばかり姿勢を正して、真知子と麗子に向かってゆっくりと頭を下げた。

済州島に着岸すると一足先に山本は病死と記入された死亡診断書を提出し、国際ルールで決められた韓国の検視を終え、田中の遺体を運び出していた。

「尊厳死」後の処理もそれぞれのこだわりがあった。あらかじめ済州島での火葬を決めていたのは田中一二三であった。

谷口夫妻は神妙な顔つきで会釈すると、山本が抱える骨箱を避け、さっさと船内に向かっていった。

幸子が、あらためて真知子と娘の麗子を山本に紹介した。話は通じていたようだが、田中の骨箱を抱えている山本の態度がぎこちない。

神川は照れくさそうに笑った。

「ご家族で一緒の船室になれるように交渉しておきましたから」

山本は何事もなかったように振る舞い、とても尊厳死ツアーの添乗員とは思えないようなさわやかな笑みを浮かべた。

「すでに先生のお荷物は、移動させるように手配してあります」

幸子が山本に報告する。

確かに今回の旅行では、大きな荷物は必要なかった。所有者の承諾も得ず、いつの間に……とは思ったが、この期に及んで抵抗する意欲もなかった。

「わかりました……。気をつかってくれてありがとう」

そう言ったものの、神川の胸中は複雑だった。

山本たちが配慮したのはそれだけではなかった。最初の二日間は済州島に停泊したままだが、たとえ三泊四日でも、客室はセミスイートのゆったりと過ごせる部屋を用意してくれていたのだ。

幸子の案内で上層階の新しい特B船室に通された。船室内の調度品も豪華で、ソファーに座っているだけで心が安らぐ。

喜んだのは麗子だけではなかった。真知子もまた思わぬ贅沢な休日に、目を輝かせて船室内をうろうろと見て回り、楽しんでいる。

「尊厳死」を求めて旅立ったはずなのに、いつの間にか豪華な家族旅行に様変わりしていた。これで良かったのだろうか。神川は気づかれないように、小さく咳払いした。

現実という大きな川の流れは誰にも止めようがない。がんとの闘いは「これから」なのだと神川は覚悟した。その前に安楽死で決着をつけたかったのだが、今となってはもう手遅れであった。

真知子も、娘の麗子も、もう神川のとった行動を責めることはなかった。まるで家族で海外旅行を楽しむような雰囲気である。それが、末期がんに苦しむ父への最大の思いやりなのであろう。

その夜、神川は時折出てくる咳嗽を必死に堪えた。

明後日になると二日間の停泊寄港を終えて済州島の岸壁を出港する予定だ。

一日目は神川にとって、久しぶりの家族団らんでの夕食となった。麗子の希望でイタリアンレストランを予約した。ニョッキやパスタの茹で具合もイタリアのシェフが調理した本格的な味であった。

麗子の満足そうな笑顔が何よりの安らぎになった。

レストランの前方に設えられたステージではギターに合わせて、イタリア人の歌手が陽気にサンタルチアを歌っている。

平穏で楽しい一時であった。普段通りに明るくふるまう真知子や麗子を見ていると、安楽死を独断で決めて実行しようとしたことがまるで嘘だったように思えてくる。

しかし、脳に転移しているがん細胞は正常な脳の細胞領域を激しく刺激する。幸福な気分とは裏腹に、魔の手はやがてバリアーを越えて海馬にも攻め入ってくるであろう。その時には何を考え、何を言葉に出しているのか……。がんの恐怖を感じずにはいられなかった。

神川は疲れた体をソファーに預けた。ゆっくり吸い込む空気に海の薫りがした。

真知子が心配そうな表情で覗き込んできた。

「麗子は寝たの」

「ええ、豪華客船にはしゃぎすぎて疲れたのか横になるとすぐ寝入ったみたい」

「そうか……」

そう言うと、思わずふぅとため息が漏れた。

「少し横になりたい」

特B船室の広い寝室には麗子のためにエクストラベッドが用意されている。

神川は立ち上がり寝室の扉をそっと開け、麗子の寝息を確認した。それから自分のベッドに倒れこんだ。緊張が緩み出し神川を眠りの中に引きずり込んだ。


どれほど眠ったのか、やがて浅い眠りにうとうとしていた神川は、突然電話のベルで起こされた。受話器をとった真知子が電話口でただならぬ雰囲気を伝える。

また何かが起こってしまったのだろうか。受話器を受け取り、耳に当てると、電話の主は添乗員の山本だった。

時計を見ると、とっくに十二時を回っていた。

至急、小森会長の部屋に来て欲しいとの連絡である。

「どうしたの、何かあったの？」

麗子が電話の音で目が覚めたのか起き出してきた。不安そうに神川を見つめる。

「大丈夫だから麗子は寝ていなさい」

作り笑顔で真知子が答えた。

「ツアーの中の一人の様子がおかしいらしいので、今からちょっと見てくる」

「そうなの？　あなたの身体は大丈夫なの」

「すぐに戻るから」

そう言って神川は、緊急用の薬剤が入った袋を鞄に詰めて船室を飛び出した。

真知子が立ち上がって、心配そうにドアーから出ていく神川を見送った。

部屋を出た神川は急いで廊下を走った。正確には走っているつもりだっただけかもしれない。船舶は停泊しているのに、早足で進む神川の体が大きく左右に揺らいだ。まっすぐ歩くことができない。息が上がると途端に胸苦しさを覚えたが、構わず階段を駆け上がった。警備員に訳を言って特Ａエリアの中に入った。特Ａ船室の廊下に出ると、ドアーを開けたまま待ち構えている山本が祈るような仕草で手招きする。部屋の中に入ると、目を赤く腫らした内山が出迎えた。

「どうされたのですか」

「夕食時には元気でいらしたのですが……」

内山が訴えるような目で神川を見つめてきた。

「会長は夕食には何を召し上がったのですか」

「食欲がないから和食にしたいとおっしゃって……でも召し上がったのは半分ぐらいでした……」

「それからどうされました？」

神川は矢継ぎ早に質問する。

「気分がすぐれないから、入浴は明日の朝にして、休むとおっしゃったもので、一時間ぐらいして様子をうかがいに会長の寝室に来てみたのですが……」

内山は再び声を詰まらせた。

「もう息をされていなくて……」

神川は小森のベッドの頭部側に回った。

ベッドに横たわる小森は、すでに眠るように息を引き取っていた。往診用の聴診器を取り出し心尖部に当てる。心停止による死亡は間違いないが、乗船している専属医に死亡の確認を委ねなければならない。それが安楽死を手助けするドクターラウラの仕事なのかどうかはわからない。

神川はその旨を、不安そうに後ろからベッドを覗き込んでいる山本に小声で指示した。

「専属の船医に連絡してください」

心臓を患っているとはいえ、安楽死を望むまでもなく、安らかな自然死であった。まさにこれが理想的な尊厳死である。死に顔がそれを物語っている。神川はそれを内山に伝え、手を合わせて頭を下げた。

「こんなに美しい死に方なら、幸せと言ってもいいほど安らかな最期ですよ」

神川の言葉に内山が答える。

「それが、会長には尊厳死を取りやめてまで、もう一度日本に帰ってやりたいことがおありになったのですが……」

思いもよらなかった内山の言葉に、驚いて神川は内山を見た。

「夕方お見受けした時には、何もおっしゃらなかったけど……」

神川が茫然と立っている内山に尋ねた。

「会長が手塩にかけて手入れしていらした深紅の蘭の花を、もう一度花芽を確かめておきたかったようです。そしてその蘭の花を友人に譲りたいとおっしゃっていました。今年は咲いた姿は見ることができないかもと……」

「蘭の花を、ですか……」

複雑な表情をして山本が声を上げた。

小森の気持ちが神川はわかる気がした。

山本は部屋の電話の受話器を取り、緊急の医療ダイヤルの番号を押した。電話はすぐつながった。

「すぐにドクターが来てくれるようです」

振り返って神川に告げる。

「それはよかった」

五分も経たないうちにドアーをノックする音がして、白衣の上着を着たかっぷくのよい医師が警備員と共に部屋に入って来た。

ラウラではなかったが、やはりアングロサクソン系の男性医師であった。山本が手短に事情を説明する。

四十代と見られるその医師は、ポケットから聴診器を取り出し小森の心尖部に当てた。胸にさしていたペンライトで瞳孔反応を確認する。

その時、ベッドのサイドテーブルの上に置いてある薬の小瓶を手に取った。

「これを服用されていたのですか」

秘書の内山がええ、と言うようにこっくりと頷いた。それに対して、彼はほとんど表情を変えることもなく「ハートアタック」とひとこと呟いてから、付き添ってきた警備員に向かって病死であって事件性がないことを伝え、遺体の移動を命じた。そして添乗員の山本に後で死亡証明書を取りに来るように話すと、数秒間目を伏せ、頭を下げると部屋を後にした。

何かあっけない死亡確認であった。

かたわらで力なく立ち尽くしたままの内山が、また呟くように話し始めた。

「会長は心から蘭の花がお好きで、まるでわが子のように愛されていました……。それも特に日本古来の和蘭がお好きで、専用の温室までお持ちでした」

神川はそばに立っている山本とともに、小森の穏やかな、そしてもう二度と開くことのない瞼をじっと見守りながら内山の話を聞いていた。

「蘭は気難しくても、手をかければ決して人を裏切らないとおっしゃっていました。毎年、東京ドームで行われる世界蘭展にも出品されていたんです」

内山が目頭を押さえた。

「日本に戻られたら、花芽の写真を棺の中に入れて差し上げてください」

神川はそう言うと、いったんベッドから離れようとした。だが、ふと何かを思い出したように振り返った。そして、命の火の消えた小森の死に顔をもう一度見つめ、ふたたび手を合わせた。

内山が、すべての闘いを終えて安堵が浮かんだ小森の顔に静かに白い布を被せた。


重い体を引きずるようにして神川は自室に戻ってきた。部屋に入ると真知子がすぐに近づいてきた。

「あなた、大丈夫ですか……」

神川はツアー参加者の小森会長が亡くなったことを手短に伝えた。

「僕の体調のことは麗子には言わないでくれないか……」

「わかりました……」

真知子はそう言って神川を支え、ベッドに寝かせた。

翌日、韓国済州島での最後の日を迎えた。空は晴ればれとした快晴だった。神川は真知子に、麗子をディズニーの映画に誘うように頼んだ。家族団らんにフルに付き合うには神川の体力が持ちそうになかった。

神川は一日の大半を部屋のベッドで過ごした。

また一人ツアーの仲間が消えていた。小森会長の秘書である内山は夕食にもその姿を見せることはなかった。

「神川先生！」

船室に戻ろうとする神川は男の声に呼び止められた。

振り向くと山本だった。側には幸子も立っている。

「昨夜は夜遅く、小森会長の最期に立ち会ってくださり、ありがとうございました」

幸子も深々と頭を下げた。

「こんなかたちで逝かれるとは思ってもみませんでした」

神川は寂しい声で答え、会釈して頭を下げると、くるりと背を向け特B船室のエレベーターに向かった。

第十一章
天国へのゲート

いよいよプリンセス・ステラ号のクルーズも最後の幕が上がった。

十日ほど前、羽田を発った時、また日本の地を踏むことになろうなど考えもしなかった。帰らないと決めて出てきた場所は、のこのこ戻ってきた人間をどんなふうに受けとめてくれるのだろう。じわじわと死を待つだけの日常に再び戻っていけるだろうか。すでによそよそしいだけの場所になってしまっているのではないか。考えるそばから不安がかすめていった。

いずれにしても、楽しい未来が待っているわけではないのだ。神川には気の重い帰国だった。それが明日の夕刻には横浜港に着岸する。巨大な船体は済州島の岸壁を離れ、日本海に向かって動き出した。

家族との夕食を済ませた神川は誰かの視線を感じて振り返った。

済州島でも観光旅行に出かけていた村上であった。すっかり生きる意欲を取り戻した様子であったが、心中は穏やかではなかったに違いない。

あれからあまり話をしていなかった。突然現れた神川の妻と娘の存在に驚き、村上はなんと声をかけてよいのか迷っているようだった。村上にとって神川の家族の存在は、何となく疎ましいものだったのだろうか。神川にもそれによって生じた、微妙なズレによる違和感が少しばかり負担になっていた。

「どうぞ、私たちは先に部屋に戻っていますから……」

気をきかす真知子に、村上は黙って頭を下げた。

「すみません……」

躊躇する村上の背中を押すようにしてその場を離れると、まだ早い時間ではあったが二人はラウンジに向かった。

「いい奥さんですね。あんな素敵な家族を残しては逝けないね……」

村上の言葉に、ふっとため息が洩れた。

二人は無言のままデッキを通り抜けた。月明りに照らし出された夜の海を見つめた。切り裂くように立ちのぼる白い波しぶきが思いがけないほど心を軋《きし》ませる。二人とも日本に帰ることになったというのに、気持ちはちっともはずまないのだ。真知子たちと離れると、家族の思いを嬉しいと感じる気持ちをはるかに凌駕して、重苦しい時間がさらに先に延びたことのプレッシャーがのしかかってきた。

最上階にあるラウンジのバーカウンターに腰かけ、スコッチのロックを注文する。村上はハイボールだった。神川のリクエストにラテン系らしい濃いひげを蓄えた外国人のウエイターが気をきかせたのか、氷の塊をナイフで丸く削り始めた。琥珀の宇宙に浮かぶ地球をイメージしているとの説明に、素直に笑顔で答えた。

「それで……」

ゆっくりとその氷の地球をグラスの中で回しながら、神川はウイスキーを一口含んだ。村上の話したかったことは済州島での出来事ではなかった。

「バリを出てから、一度はパスしたカードが再び当たったんだ。だけど、中止を申し入れるつもりだったんだよ……。それでもこれから先のことを考えると安楽死のチャンスだから、勇気をもってもう一度、執行役のドクターに面会を申し入れたんだ」

「例の女医ですか。それで彼女は何と……」

「別に何とも……。あなたが決めることだと冷たく突き放されたよ」

村上は眉間にしわを寄せ、急に厳しい顔つきになった。

「そうだったの……」

「つまらないゲームのようだと思っていたんだが、何か運命のお告げのようにも思えてね……」

「ドクターラウラの言う通りですよ。すべては自分で決めることだ」

「先生も女医さんに会ったの」

村上は驚いたように神川を見た。

「偶然ここのバーでね……」

「そうか、会ったんだ。それにしても尊厳死を選択するからには、それなりに覚悟もいるし、安楽死をまかせるからにはもう少し丁寧な説明があってもいいと思うんだけどね。一度中止したとしても、これから先、その選択肢は消えたわけじゃないしね」

「具体的にって、何を?」

「それは安楽死の方法だよ。本当に苦しまずに眠ったままあの世に旅立てるのかどうか……。それは不安でしょう。聞いたけど教えてくれなかった」

不満そうに村上が顔を曇らせた。

「それは、彼女でなくても、医師であれば方法はだれでも教えないでしょう。尊厳死と言っても安楽死に至る行為自体が、医の倫理には反するからね」

「じゃなぜ彼女は決行できるんだ」

「それこそ本人でなければわからないよ。聞いてみたの」

「それも何も答えがなかった」

神川の頭の中には、ラウラが笑いながら首を横に振っている姿が浮かんだ。彼女の胸の内など他人にわかるわけもない。だが、同じ医者として、神川の感じてきたことの遠い延長線上にドクターラウラは立っているように思えた。

「村上さん、病の苦しみにもいろいろな苦しみがある。本人の苦しさ、家族の苦しさ、経済的な苦しさ。もちろん経済的な苦しさは医者にはどうしようもないが、では何をもって、どうなれば救ったと言えることになるのか。医者はずっと一生悩みつづけるんですよ。正解なんてあるわけがない……」

「先生は、今まで苦しみぬいて、もう終わりにしてくれって懇願されても見放してきたの」

「見放したわけじゃない。やってはいけないと決められていることは率先してやらなかっただけだ」

そこまで言って神川はふと口を噤《つぐ》んだ。村上は何かを言いたそうにしていたが、もごもごと口をうごかしただけで、言葉にはならなかった。

「苦しみぬいても、そこで安楽死を手助けすることは日本では罪なんだよ」

神川がポツリとつぶやいた。

酔いも手伝ってか、村上の表情が険しくなった。

「ねえ、先生。先生はひとりでも、このツアーに参加した？」

「恐らく参加したと思う……」

迷いのない神川の返答に、村上の方が驚いた。

「そうか、そうなんだね。ところで明日は横浜だろう……。先生は今夜の最後のカードを開けてみた？」

村上が思い出したように尋ねた。

「いや、封のままここに持っているよ」

山本が家族にはわからないようにそっと手渡したのを思い出した。

「じゃあ、開けて見せてよ」

神川はしぶしぶポケットから取り出し封を開けた。ハートのクイーンだった。

それを確認した村上が、苦笑いしながら自分のカードを見せる。村上も全く同じハートのクイーンだった。

「こんな時に、いきな計らいをするじゃないか。最後のカードは全員がハートのクイーンなんだ……」

「そうかもね……」


グラスの中の地球はいつの間にか、ただの小さな氷の塊になっていた。

バーテンダーが、「次は月にしますか」と尋ねた。神川はジョークのつもりで「ハレー彗星がいい」と答えた。

「なぜハレー彗星なの？」

今度は村上が神川に質問した。

「太陽系の軌道を外れているから、いずれは太陽系かそれ以外の宇宙に浮かぶ星と接触して大爆発を起こして消滅するからね」

「それは星にとっての尊厳死になるのかな」

「かもね……」

村上も、今度は炭酸割りをやめてロックに同調した。

「僕にも同じものを」

しばらくして二つの琥珀色のロックグラスが新しいコースターと共に並べられた。バーテンダーのウインクが何を伝えようとしているのか、詳しい説明は何もなかった。

早速、神川と村上はグラスを挙げて乾杯をする。グラスの縁にはほんのり塩の輪がついている。彗星の軌道リングなのだろうか。

「ところで乾杯する時にグラスを合わせるのって、意味を知っていました？」

神川が村上に尋ねた。

「そう言えばなぜだろう」

「昔バイキングの時代には、毒殺が流行ったので互いの杯の中身を混ぜあって毒が入ってないことを確かめ合ったことから始まったらしい」

「そうか。じゃあ、毒入りでないことに乾杯」

村上に神川が答える。

「毒入りでも呑めることに乾杯」

持ち上げたバカラのグラスに唇を近づけた時、微かに音がした。氷塊からパチパチとはじけるような小気味よい音であった。

「ひょっとしたら、この氷は、南極の氷山の氷じゃないか」

神川がニタッと笑って見せた。村上が不思議そうにグラスをのぞき込む。

「ほんとうなの」

「数万年前に閉じ込められた空気が、今、このグラスから解放されてはじけている音ですよ」

村上はじっとグラスの中の氷の泡をながめている。

「数万年前の時間がいっきに解放される。しかしこれから同じ時間の数万年後には地球は存在しないかも……」

「何で？」

「ハレー彗星とぶつかって地球は消滅しているかもしれないじゃない」

「いやあ、粋な演出だね」

さすがに豪華客船のバーならではのもてなしだと村上は感心した。神川はそっとコースターの下にチップを含めた百ドル札を挟んだ。

「死ぬって、本当に大変なことなんだ……」

思い出したように村上が呟く。

神川は探るようにグラスを唇にあてた。村上には気がつかれていないようだが、すでに転移性の脳腫瘍による視野障害で視力にも障害が出ていた。

「先生、今回は死ねなくても許されるよね」

思いつめたような眼差しで村上が聞く。

「それは誰に」

「弱虫の自分に……。だから最期の時がくるまでは生き続ける。いや、恐怖から逃げ回るってことだろうか」

「かもしれない……。僕だって村上さんと同じ気持ちだよ」

歪んで見える氷の塊がカラカラとグラスにぶつかり、気が付くといつのまにか琥珀色の液体が底をついていた。


「そろそろ行きましょうか」

神川が声をかけると「そうだね」と村上も従った。

そして、神川がうんと頷くと、呼応するように村上もうんうんと小さく二、三度頷いた。立ち上がろうとして手を突いた時、つやつやと輝くカウンターのメープルの木肌がことのほか冷んやりと感じられた。言葉にしきれない複雑な思いが二人の間に通い合うようで胸が締め付けられる。

バーラウンジを出た二人を、この航海を支え続けてきたエンジンの重低音が足元から低いうねりのように這い上がり、包み込んだ。切り裂かれた波の音も地鳴りのように聞こえている。つんと潮の匂いがした気がしたが、そんなものわかるわけがなかった。匂いを嗅ぎ分ける感覚はすでにかなり麻痺している。

それらの上に乗って、行きかう人々のさんざめきがざわざわと流れていった。

「先生……」

ふいに呼ばれ、神川は村上の方を振り向いた。

「何か楽しそうな音が聞こえるからちょっと寄っていくけど、先生はどうする」

足元のおぼつかない村上がちょっと首を傾けて、その音のする方向を指した。

楽しそうな音？　言われても、神川には何も聞こえていなかった。

耳を澄ましてみると、レストランの音や人々の声に混じって、何か晴れがましい弦楽器の旋律のようなものがわずかに聞こえてきた。淡やかな人の歌声もその中に溶け込んでいる。

「何ですかね」

「さあね……」

村上が首を捻る。

軽やかな旋律に少しばかり心は惹かれる。船旅の最後の夜を長引かせていたいような気もした。それに今夜はなんだか、村上と離れがたいようにも思えた。だが、神川は「やっぱりやめておくよ」と答えた。

「そうだね。先生は奥さんたちが待っているもんね」

村上がわかったというように頷いた。しかし、そうではなかった。疲れていたのだ。胸がつかえ少しばかり痛みもあった。横になりたい。左の心窩部のあたりが妙に重ったるい。けれど正直に伝えるだけの気力が持ちそうになくて、村上の誘いにも応えられない。

「じゃあ、僕はちょっとぶらっとしていくから。また明日だね」

そう言ってにっと笑って軽く手を上げる村上に、神川は無理に作った笑顔で返した。

「ああ、また明日」


十時を過ぎてもまだレストランは混み合い、ビリヤードやカードゲームに興じる人たちの嬌声で船内はあふれていた。女たちは皆、美しく着飾り、ゴージャスな宝石類を夜の照明に煌めかせている。競い合うようにして化粧を施した彼女たちは、少しくらい太っていても今の村上にはみなきれいに見えた。

死ぬほど愛する女といっしょにいられたら、人の時間は長くなるのだったか、短くなるのだったか……。数十年も昔、大学で学んだアインシュタインの理論がふいに頭を過ったが、あれは一体何の講義だったろう。何理論だったか、具体的なことは何も思い出せなかった。

「幸ちゃんのほうがきれいだ」

どの女を見ても村上にはそんなふうに思えた。いや、幸子でなくてもいい。一度でいいから死んでもいいと思うくらい女を愛してみたかったなと思う。今となってはすべてが泡沫の夢だ。

部屋には戻りたくなかった。ショッピングプラザを通り抜けると聞こえてくる歌声はぐっと大きくなった。通路を曲がった奥には吹き抜けの天井になった少し広いコーナーがある。いくつかテーブルと椅子が設えられ、いつでも誰でも憩える場所になっている。そのコーナーに人々が集い、どこからか持ち込まれたオルガンと弦楽四重奏の伴奏に合わせ、それぞれが楽譜を手に持って声を張り上げていた。

コーナーの壁には何枚も「メサイヤの夕べ」と題された大きなポスターが並べて貼られ、その手前の足高のテーブルに白い紙が束になって置かれていた。

手に取ってみるとヘンデル「メサイヤ」四十四番のハレルヤコーラスの楽譜であ

った。クラシックなどほぼ縁なく生きてきた。しかし、耳に馴染んだメロディである。

「ハーレルヤ、ハレルヤ、ハレルヤ、ハレールーヤー……」

口角の筋肉をかくかくさせて喉を震わせ歌う人々の表情に命がほとばしっている。

歌詞の意味はわからなくともその言葉ぐらいは知っている。たしか「ハレルヤ」とはキリスト教の祈りの言葉だ。近くで聞くとソプラノの女の声が目立つが、下を支えるバリトンの低い声も確かに存在感を放ち、それらが一体となってあたりに満ちていた。

貧しい者と富める者。病める者と健やかな者。この世はすべて、いく重にも重なった重奏の世界なのだと思う。村上には経験したことのない世界であったが、この夜は病んだ細胞にしみ渡るように胸に響いてきた。

なぜだかふいに涙がこぼれそうになって、唇に力を込めた。それでも涙はこぼれた。このまま日本に帰っても待っている家族はいない。あのマンションは、もう戻ることはないと決めて、きれいに片付けてきたのだ。あの何もなくなった殺風景な部屋に戻るのか。残ったものの処分を含めて、すべて手筈は整えてきたというのに……。

ウイスキーのまわった頭がくらくらする。合唱の声は少しずつ大きくなっているようだ。楽器の音や歌声や喧噪が、四方から矢のように飛んできて、村上の正気の部分をかき乱した。

どのくらい時間が経ったのかわからなかったが、少しだけ楽譜を霞んだ目で追い、ハレルヤコーラスを口ずさんで、村上は逃げるようにしてその場を後にした。

村上と別れ、船室に戻ると待ちかねたように真知子が心配そうな顔をして、まじまじと神川の顔を覗き込んだ。神川の容態がこんなにも悪くなっているとは少しも想像していなかった。皆で食事をとっていた時から記憶を手繰り寄せ、自宅にいた時の神川の姿を思い出そうと努めてみたが、学会に行くと言って出ていった朝、それほどひどくは見えなかった。

だが、こうして数日して見ると、顔色は明らかに黒ずみ、頬もだいぶこけているのがわかる。毎日見ていたから気がつかなかっただけなのか、夫の病状には気を付けていたはずなのに、記憶は曖昧だった。

「村上さんは大丈夫でした？」

やきもきしながら待っていたらしい。神川は真知子の問いに、うんと首を縦に振っただけで、言葉に出しては何も答えられなかった。

「あなたの病気のことを思うと、突然不安になって、いろんなことを考えてしまうわ……」

「心配かけたね……」

神川はどさりとソファーに腰を下ろした。座ったとたん全身の力が抜けていくようだった。豪華客船の旅は今夜で終わる。これからのことは何も考えたくなかった。意識が朦朧として、そのまま眠り込んでしまった。

眠りこける神川の胸に真知子がそっとブランケットをかけた。


どれほど経ったころ、船室の電話で起こされた。昨晩のことがよみがえり、真知子が受話器を取るのをためらっていると、神川が起き上がった。

幸子からだった。用件は言わず談話室に来て欲しいとだけ伝えてきた。しかしその声は震えている。

「またですか……」

真知子は神川が部屋を出ようとするのを押し止めるように、ドアーの前を立ち塞いだ。

「少し話すだけで、すぐに帰るから」

真知子は泣きそうな顔をして神川のシャツの袖をつかんだ。やさしく振り解いて神川は出て行った。それはまるで医師としての仕事に出かけるような仕草だった。


ラウンジの談話室にひとりで座っている幸子の表情は硬かった。

「どうしたの……。顔色が悪いけれど、何かあったの」

神川が声をかけても反応はいまひとつ鈍いままで、握りしめていたメモ用紙をさっと後ろに隠した。

神川は訝しげに幸子の顔を見た。思いつめたように見つめ返す幸子が、ようやく口を開いた。神川に微かに聞こえる小声だった。

「村上さんが先ほど天国に逝かれました……」

「えっ………」

まさか。神川は言葉を失った。声が小さすぎて、何かの聞きまちがいではないかと耳を疑った。幸子の口から発せられた言葉をもう一度反芻してみる。嘘だろう。そんなことがあるわけがない。さっき、また明日、と言って別れたばかりではないか。

戸惑うばかりの神川に、幸子が握りしめていたメモ用紙をおずおずと差し出した。二つ折りになったメモ用紙を恐る恐る広げてみる。『先生、先に行ってます。ありがとう』ボールペンで書かれた村上の最後のメッセージはひどく簡単だった。村上らしい実直な文字だ。神川と同じハートのクイーンのカードが添えてあった。

バーを出て別れた時の村上の最後の笑顔がよみがえった。村上が何の相談もなしに先に逝ってしまうなど、到底信じられるわけがない。神川の家族が現れたことが原因だったのだろうか……。裏切るつもりはなくても、村上は裏切られたようなうら寂しさを覚えたのかもしれない。

そんなことをぐるぐると考えていると走馬灯のようにバーにいたときの村上の仕草や表情が浮かんでは消えていった。どっと疲労が襲ってきた。神川には逆に、村上に裏切られたような口惜しさがふつふつと湧き上がってきた。

複雑な気持ちでどうやって幸子と別れ、談話室を出たのかも覚えていない。

高ぶった気持ちを落ち着かせ、神川が船室に戻った時はすでに真夜中の三時近かった。

真知子はずっと寝ないで待っていたようだ。部屋に戻ってきた神川の顔色は土気色で彫刻のように固い表情がその顔に張り付いていた。

心配そうに神川の様子を窺う。

「あなた、大丈夫ですか」

「ああ……」

漏れた息とともに神川の口から出た言葉はそれだけだった。

ソファーに腰をかがめて座ろうとした時、急に気持ちが悪くなり洗面所に駆け込んだ。少しだったが吐き出す。いつもとは違う異和感が体の中で蠢《うごめ》いていた。口をすすいでいると少し悪心が治まってきたので、歯ブラシに歯磨き粉を絞り出す。残り少なくなった歯磨き粉を指で丁寧に押し出した。

洗面所から出てきた神川の顔面は蒼白だった。そんな神川の様子に真知子が声をかける。

「大丈夫ですか、温かいお茶でも淹れましょうか」

真知子の何気ない問いかけに、ふっと心臓に痛みを覚えた。

「ありがとう……」

ソファーの背にもたれて、息を吹きかけながら神川はゆっくりと真知子が淹れてくれた緑茶を啜った。


先妻の直子の進行性乳がんが発見されてから、神川は医師として夫として外科的治療である乳房切除はもとより、抗がん剤や放射線治療、ホルモン療法にいたるまで、あらゆるがんに対する治療を受け入れさせ、必死でがんと闘った……。術後ホルモン療法は三年も続けなければならない。直子だけではない。病院の待合室には脱毛によって髪の毛を失った女性がウイッグやニットの帽子で頭を覆っている。誰の表情にも笑顔はなかった。

食事はほとんど喉を通らず、いつまでも直子の悪心嘔吐は続いた。これ以上の抗がん剤の治療は無理だと判断した神川は、直子を病院から自宅に連れ帰った。その判断が正しかったのかは誰にもわからない。だが、直子がほっとした表情をしたのが嬉しかった。壮絶ながんとの闘いは肺炎の合併症による最悪の結末で幕を閉じた。

『ありがとう……。和樹をお願いします。それと真知子のことも……』

それが直子の最後の言葉だった。直子は献身的に看病してくれる妹の真知子との関係にも気づいていたのだろう。

直子は何も言わずに逝ってしまった。

そして二年前、神川自身に肺がんが見つかった。

直子のがんの闘病生活がよみがえった。事実からは目を背けても仕方ない。神川自身は抗がん剤を含むすべてのがん治療を拒んだ。

「安楽死」について考え始めたのはその頃である。

今は息をすることさえ苦痛であった。しかしその痛みだけが唯一の生きている証でもある……。神川は今でもその決断が間違っているとは思いたくなかった。

激痛からの解放だけが、神川のただ一つの願いだった。

「もう少しお茶を淹れますか」

ぼうっとしていた神川は真知子の落ち着いた声に我に返った。

「ありがとう。もういいよ」

少しばかり飲み残したカップをテーブルに戻し、神川は思い出したように真知子に話しかけた。

「遅かったから心配しただろう……」

真知子は首を横に振って深く息をつくように、自分のために淹れていたお茶に口をつけた。

神川は村上の尊厳死の実行については、何も語らなかった。

次の言葉を待ちながら、真知子は黙ったままたカップを口に運んだ。

やがて神川が大きく息を吐いた。何だか時間が止まったようだ。ゆっくりと視線を宙に彷徨《さまよ》わせると、柔らかな明かりに照らされた壁の色や調度品の輪郭が次第にぼやけていった。船室の大きな丸窓から見える空に月の光がほのかに白く滲んでいる。

神川は立ち上がり、丸窓のブラインドを下ろした。

「少し休もう」

誰にともなく、神川がひとり呟いた。

「お風呂を入れてありますが、どうされますか。浸かるだけでも休まりますよ。入浴剤も持ってきていますから……」

「そうだな……。入って洗い流すか……」

神川は一瞬眉を顰《ひそ》めたが、気を取り直して入ることにした。肩に背負う荷物を全部洗い流してしまいたいと思ったのである。狭いバスルームで服を脱ぎ、ぬるめに張られた湯船にそろそろと入る。だが、湯に浸かったのはわずかの間だった。気持ちいいと感じられたのは最初だけで、あとは体の芯の方からドミノ倒しのように何かが壊れていく感覚が増殖してきた。すぐに上がって、寝間着に着替え横になった。

いったいどれぐらい経ったのだろう。神川は心臓の絞扼《こうやく》感で目が覚めた。薄眼を開けるとブラインドの隙間から朝陽が洩れている。

夢を見ていた。

そこは香港のホテル・マルコポーロのレストラン『夜上海』だった。

みんな笑顔で楽しそうだった。大きな円卓においしそうな皿がいくつも並んでいる。人々の会話をつなぎ合わせるように二胡の妖艶な調べが流れていた。笑顔の小森会長もいた。アルツハイマーで逝った田中一二三の姿もあった。泳げない木島憲和の顔もあった。みんな元気で上海料理を食べているのに、村上だけが食べられないと文句を言っている。

村上の表情は真剣そのものだった。その時、「旨いものが食べられないなら生きていても仕方ないじゃないか」村上が急に立ち上がって怒鳴った。そして、神川の制止も聞かず、ここで安楽死させてくれと叫び始めた……。楽しい宴席の雰囲気は一変した。

胸が締め付けられるように苦しく、寝汗が上半身にびっしょりとまとわりついた。心臓を上にした側臥位で脈をとる……。不整脈はひどくなっている。心筋梗塞かもしれない。安静にしても心臓の絞扼感は一向に治まらなかった。

「具合が悪いのですか。苦しそうですが……」

起き上がった真知子が心配そうに覗きこむ。

「大丈夫だ、心臓にストレスがかかっただけだから」

神川は応急の薬入れから抗不整脈剤を取り出し口に含んだ。

「今、お水を用意しますから」

真知子が慌てて冷蔵庫から飲料水のペットボトルを出して開ける。

服用しても容易に心窩部痛は治まらなかった。絞扼感は益々激しくなった。神川はさらにフランドルテープを胸に貼り、ハーフジゴキシンを服用した。それでも胸部痛は容易に改善しない。呼吸が浅く速くなる……。

何が起きているのか神川には理解できた。

「真知子、添乗員の山本君に電話をしてくれないか……」

神川は真知子を耳元に呼び寄せた。

「わかりました」

異常な心窩部痛の発作に、慌てて真知子がベッドサイドの電話をとった。

時計は午前七時を回っている。数回の呼び出し音の後、山本はすぐに電話口に出た。

「こんな朝早くにすみません。神川です。ちょっと主人に代わります」

そう言って、真知子は神川の耳に受話器を押しあてた。

「ちょっと専属の医師を呼んでくれないか……」

言葉に出すのが精いっぱいだった。

事態の急変を察した山本が、すぐに行きますと言って電話を切った。

麗子が神川のただならぬ様子に飛び起きてきた。

「お父さん、大丈夫？」

麗子が恐る恐る父親のベッドに近づく。

「ちょっと心労が重なっただけだから……」

真知子が振り向いて答えた。


山本は幸子を連れてすぐに飛んで来た。

「先生、大丈夫ですか。お医者さんもすぐに来ますから」

山本が先に声をかける。

「何か必要なものはありませんか」

幸子が尋ねた。

「いや、今は何もない」

神川は眉間にしわを寄せ、首を横に振った。

コンコンとノックする音に真知子が慌てて走って行き、ドアーを開けると、白衣を着た専属医が男性の看護助手を伴って入って来た。今度はラウラ・ファン・ハウテンだった。

ドクターラウラは慣れた手つきで神川の脈をとり、聴診器を胸に当て、心音を確認してから血圧を測った。

神川は息苦しさを訴えた。

「すぐに酸素を流します……」

看護助手がドクターラウラの指示通りに、医務室から小型の移動式酸素ボンベと点滴台を神川の船室に運び入れた。

ただちに酸素が四リットルで流される。点滴がポタポタと管を伝って神川の静脈に流れ込む。

波を切り裂く音に混じって、酸素のシュー、シューっという音が加わった。無気味な不協和音だった。

「お父さん、もうすぐ日本に着くよ！」

麗子の悲痛な叫び声が部屋の中に響いた。思わず真知子が麗子を引き寄せ抱きしめた。

隣の居室で、幸子が腕時計を見た。すでに青々と晴れ渡る洋上を、プリンセス・ステラ号の航海は何事もないかのように続いている。

数時間後には日本の横浜港に着岸する予定である。

「神川先生に私たちが負担をかけたからでしょうか……」

幸子は、ソファーにへたり込んでいる山本だけに聞こえるようなか細い声で話しかけた。だが山本は何も答えなかった。

丸窓のブラインドを上げた幸子の眼を陽光が射抜いた。何も知らない太陽が紺碧の海原を照らしている。遍く降りそそぐ光がきらきらと海面に反射し、悲しいぐらい美しかった。


ドクターラウラはフランドルテープを剥がし、痛み止めのオピオイド系のデュロテップ八・四ミリに貼り替えた。もう麻薬しか効果がないと判断したからだ。

ドクターラウラの眼が神川を捉えた。眼の動きだけで何を伝えているのか、神川が納得したように微かに頷いた。

心室細動に移行する直前、ドクターラウラは脈診する振りをして神川の手をそっと握った。力なく握り返す神川の反応が最後の別れとなった。

船体の横揺れがまた少し大きくなった。太平洋のうねりの激しい海域に入ったのだろう。心室細動の波形に同期するような、ゆったりと大きな揺れだった。

天国への旅立ちツアー

著　者　小橋隆一郎
発行者　真船美保子
発行所　KK ロングセラーズ
東京都新宿区高田馬場 2-1-2　〒 169-0075
電話（03）3204-5161（代）　振替 00120-7-145737
http://www.kklong.co.jp

印　刷　（株）暁印刷　　製　本　（株）難波製本
落丁・乱丁はお取り替えいたします。※定価と発行日はカバーに表示してあります。
ISBN978-4-8454-2397-2　Printed In Japan 2017